赤髪の彼女と並んで立った私に
執事の人はこう告げた。
「貴女たちには明日から
この王宮で第三王女で
あらせられるレオノーラ殿下の元で
働いてもらいます」

メアリー
孤児の女の子。他者の髪に触れると、髪色と髪質をコピーできるという特殊能力——“ギフト”に目覚めたことがきっかけで、王女レオノーラの影武者兼侍女になるよう命じられる。
アルベルト
グランベルグ王国の辺境伯の嫡男。ギフトの力でレオノーラの姿に化けたメアリーに対し交流を重ねる中で好意を抱くが、その正体がメアリーであることに気付けずにいる。

Contents

イラスト：玉木とらこ　デザイン：ムシカゴグラフィクス

末王女の輿入れ
~その陰で嵌められ、使い捨てられた
王女の影武者の少女が
自分の幸せを掴むまで~
The Marriage of the Third Princess
author まさき
illustration 玉木とらこ

「私が共に過ごし、惹かれた女性は君だったんだ、メアリー」
アルベルト様が私を思ってくださっていた。
そのことに、その言葉に胸がいっぱいになった。

セドリック
王国に隣接する帝国の容姿端麗な王子。
レオノーラ
王国の第三王女。メアリーが自らの影武者になって以降、あらゆる公務をメアリーに押しつけるようになる。
ギルバード
レオノーラの執事。メアリーたち侍女の上司。
ララ
メアリーの友人であり、王女の侍女。一時的に他者の顔を変化させるギフトをもつ。

第一章　『王女』と呼ばれる少女

1　メアリーとギフトの開花

隅々まで磨き上げられた王宮の中の回廊を、華奢《きゃしゃ》なヒールを履いた美しい少女が歩いていく。すれ違う者は皆、壁際に寄り頭を垂れながら彼女が通りすぎるのを見送った。そして彼女が通りすぎたあと、ゆっくりと頭を上げてその後ろ姿を見送りながら感嘆のため息をつくのだった。

「レオノーラ殿下は歩くお姿まで美しい」

「見て、あの微笑《ほほえ》み。臣下にあそこまで優しく微笑んでくださるなんてレオノーラ殿下のお人柄の素晴らしさがうかがえますわ」

そう囁《ささや》かれている少女の名はレオノーラ・グランベルク。このグランベルク王国の第三王女であった。

王族の証《あかし》である美しいプラチナブロンドの髪に鮮やかな新緑のような緑の瞳を持つ彼女は、皆優秀であると称《たた》えられている現国王の子供の中でも、一際その才覚を発揮させている人物であった。

マナーなどの教養が高いのはもちろん、周辺諸国の言語にも精通し、十七歳という年齢でありながら既に外交に大きく貢献していると言われている。

そんな民からも絶大な支持を集めるレオノーラは、回廊を抜け建物に入り人気《ひとけ》がなくなったところで人知れず小さくため息をついた。その顔には先ほど臣下に向けていたような輝きはなく、憂いを帯びたものとなっていた。

どうしてこうなったのか。

今までもさんざん考え続けてきたことを、私はまた考えてしまっていた。

しかし、ため息をつく姿など後ろを歩く侍女には見せられない。見られたとなると『レオノーラ殿下』に何を言われるか分からない。改めて身を引き締めた私は、その先にあるサンルームへと向かうため重たい足を進めた。

どんなに気分は重くとも、歩く姿も優雅に見えるよう十年間厳しく叩《たた》き込《こ》まれた所作は体に染みついており、私の歩くペースが変わることはなかった。そのため目的の部屋にはさほど時間がかからず着いてしまった。

侍女が開けてくれたドアを、顔には出さないが重い気持ちを抱えたまま私はくぐった。

柔らかな午後の日差しが差し込むサンルームで私を待っていたのは、貴族にしては短い髪をした精悍《せいかん》な青年だった。

濡羽《ぬれば》のような黒髪は艶《つや》やかで、鮮やかな橙《だいだい》の瞳は彼の強い意志を示すかのようにやや釣りあがっていた。その整った容貌も相まって黙っているとやや冷淡な印象を与える彼は、私に向き直りその表情を少しだけ和らげながら挨拶をしてくれた。

「こうしてお目見えできて光栄です、レオノーラ殿下。おそれ多くも殿下の婚約者候補となりました辺境伯セブスブルク家の嫡男、アルベルトと申します」

噂《うわさ》に聞く彼の真《ま》っ直《す》ぐな人柄を思わせる目が、真正面から私を見つめていた。気まずさからその視線を少し遮るかのように一度だけ軽く目を伏せてから、私は彼にこう告げた。

「第三王女レオノーラです。これからどうぞよろしく」

私の心中とはまるで関係がないかのように、きっと表面上はいつも通り私は美しく微笑んでいるのだろう。『殿下』の美しい笑みをアルベルト様に向けながら、私はまたこうして新たに人を欺《あざむ》かねばならないことに胸の奥がずしりと重くなるのを感じていた。

そう、臣下たちにレオノーラ殿下と慕われ、アルベルト様にレオノーラと名乗ったが、私は『レオノーラ殿下』ではない。

□

私は彼女の影武者だった。

ことの始まりは十年前、私が孤児院に慰問に来た貴族のご婦人の綺麗《きれい》な金髪に憧れてしまったことだった。

月に一度、私がいた孤児院を訪れてくれていたそのご婦人は表面上の施しだけをする他の貴族の女性とは違い、私たち孤児にも優しく微笑んでくださる方だった。いつも美しいドレスを着ていて、白くたおやかな手で私たちの頭を優しくなでてくれるその人は、私たち女の子の憧れの的だった。

例に漏れず私もそんな彼女に憧れを抱いていた。中でも私がいつも見とれてしまっていたのは、彼女の美しいブロンドの髪だった。

今となってはよく分かるが、慎《つつ》ましい孤児の生活からは考えられないほど手をかけられた彼女の髪は光り輝くほど艶やかで、自分のぼさっとした薄茶色の髪とは比べるのもおこがましいほど美しいものであった。

いつもは遠巻きに見つめるだけであったが、私があまりにも熱っぽく彼女の髪を見つめていたせいか、ある日ご婦人が「よければ髪に触れてみる？」と言ってくれた。

私は口から心臓が飛び出るんじゃないかってぐらいドキドキしながらご婦人の髪にそっと触れさせてもらった。彼女の髪は見た目通りしっとりとした触り心地で、自分の髪と同じものであるとは思えないほどであった。

『ああ、私の髪もこんな美しいものだったらどんなによかっただろうか』

子供心にそう思ってしまったのは避けようのないことだったと思う。それぐらい憧れていたし、彼女の髪はキラキラと美しかった。

しかしそのちょっとした憧れが、私の中に眠っていた『ギフト』を呼び起こしてしまった。

自分の中で何かがパチリとはじけたと思ったその瞬間だった。視界の端に映っていた自分のありふれた薄茶色の髪が、目の前で微笑むご婦人と同じ美しいブロンドとなっていた。

突然私の髪色が変わったものだから周囲は騒然となった。ご婦人の護衛にいきなり腕を取られ彼女から引き剝がされた私も周囲と同じく、いや当事者であったため周りより一層パニックになっていた。

私があの美しい髪を奪ってしまっていたらどうしよう。泣きそうな気持ちになりながら何とか自分を押さえつける護衛の腕の隙間からご婦人を見ると、彼女の髪は変わらず美しいままであった。

そのことに心から安堵《あんど》した私は、何かに力を奪われてしまったかのように急に重みを増した自分の体を支えきれず、そのまま意識を手放した。

気が付くとベッドの上にいた。寝かされていた部屋は白い壁と清潔なレースのカーテンがある小さな部屋であった。

孤児院にはそんな部屋はなかったので、きっとご婦人に無礼なことをしてしまったためどこかに連れていかれたのだと幼かった私は思った。

今から思えば罪人があんな清潔な布団で寝かせてもらえるはずもないのに、その時の私はそう思い込んで布団の中で小さく身を縮こまらせていた。

しばらくそうして怯《おび》えていると、軽いノックと共にドアが開き、大人の女の人が部屋に入ってきた。彼女は孤児院の近くにある教会のシスターの制服を着ていた。

教会のシスターがどうしてと思っていると、彼女は「まずはお水でも飲みましょうか」と優しく微笑みながらコップを差し出してくれた。

混乱しながらも水を飲み干した私に、シスターは私がなぜ教会にいるのかを教えてくれた。

シスターがおっしゃるに、あのとき私の髪が変わったのは『ギフト』のためらしい。

『ギフト』、それは誰もが授かる能力。

しかしその能力は千差万別で、王族や高位貴族のように火、風、水、土を操るなど明らかに特殊能力だと分かるものから、ただ足が速かったり、遠くまでよく見えたりするなど、ギフトかどうか判別のつきにくいものまで、その内容は様々であった。

私の髪が変わったのもそのギフトによるもので、恐らく他人の髪に触れると自分の髪をそれと全く同じものに変えられる能力だろうとシスターは教えてくれた。

本来であれば十歳前後で目覚めるはずのギフトが、その能力の内容と強い憧れが合致したことにより七歳という早い年齢で覚醒した可能性が高いらしい。今回私が倒れたのは、初めて使うギフトの力に体が対応しきれなかったためだろうと教えてくれた。

「あなたが倒れてからもう半日経《た》つわ。あなたの髪は元に戻っているから一時的に髪を変える能力のようね」

そうシスターに言われて私は初めて自分の髪が元の薄茶色に戻っていることに気付いた。髪を摘まんでまじまじと見つめてみたが、あの艶やかな金髪になったことは夢であったかのように、それはいつもの見慣れた私の少しパサついた髪だった。

「ギフトはどんな内容であれ教会にて登録をする必要があります。ここでもう少しあなたのギフトを調べてから登録をしましょう」

そこから私は一ヵ月ほど教会にお世話になりながら自分のギフトを調べていった。

また倒れてしまわないよう見守られながら色々と試したところ、私のギフトの詳細がだんだんと見えてきた。

髪色を変えるには対象の髪に触れる必要がある。

持続時間は今のところ三十分ほど。ギフトを使用するごとに少しずつ延びる。

連続して色は変えられない。間隔を三時間ほど空ける必要がある。

大まかなギフトの力が見えてきたところで教会にその能力を登録し、私は孤児院へと帰った。戻ってすぐはギフトについてあれこれと仲間たちに質問責めにされたが、それも一週間もすれば落ち着いた。

私はそこから以前と変わらぬ平凡な日々を送るはずであった。しかし、その平穏は孤児院を訪れた一人の来客により破られることとなった。

「メアリー君、君をうちでメイドとして雇いたいのだが来てくれるだろうか？」

孤児院の先生に呼ばれ向かった応接室で、貴族のようなピカピカの高そうな服を着た人が私にそう言ってきた。

孤児院にいる子供のほとんどは、成長するとこのような働き手を探しに来た人に引き取られたり、先生たちが見つけてきてくれた職場で仕事に就いたりする。養子に貰《もら》われる子なんて余程見目麗しい子だけで、そんなのはほんの一握りだった。

だからまだ私は七歳で年齢は低かったが、その貴族のような人からの「娘と年の近い子を一人ぐらいは側《そば》に置きたくてね」という言葉もあったため、その提案に疑問を抱くことはなかった。

むしろ貴族様のお屋敷《やしき》は作法などにはうるさいが食いっぱぐれることはないと聞いていたので、いい仕事に巡り合えたとすら思っていた。

そのため孤児院の先生がちらちらと気遣わしげにこちらを見ていることにも気付かなかった七歳の私は、その貴族のような人に「メイドとして働きたいです。よろしくお願いします」と元気良く返事をした。

こうして私はとある貴族に雇われることとなった。

それから程なくして私は孤児院を離れ、ある伯爵様のお屋敷に連れていかれた。伯爵様のお屋敷はまるで絵本に出てきたお城のようで、平民街にある建物しか知らなかった私はしばらく口を開けたままそのお城を見上げることとなった。

伯爵家に来てからはマナーや言葉づかいなどを徹底的に教え込まれた。その頃の無知な私はこんな大きなお屋敷で働く人にはそんな能力が求められるのだと思って疑ってもいなかった。しかし、あれは普通の平民がなる『メイド』に求めるようなものではなかった。

あれは高位貴族のご令嬢が受ける淑女教育であり、私をとある女性の完全な複製にするための並外れた厳しい教育だった。

そのため来る日も来る日も講師としてやってきたミドラー夫人に私は厳しく指導された。

『彼女』の癖を覚えさせるため声の出し方、足さばき、手の動きまで細かな指導が入った。呼吸すらも正しくないと怒られるのではないかと思ったほど、ミドラー夫人は私のあらゆる動きを叱り、『彼女』の動きを叩き込んできた。

その教育の中で少しでも私の動きが悪いと、夫人は私にこう冷たく言った。

「あの孤児院はまともな教育一つできていないようですね。お前がその程度であれば、今後あの孤児院へ仕事は回せませんね」

恐らく色んな脅し文句を試した中で、私が最も恐れるのがそれだと彼女は見抜いていたのだろう。実際に私にとって共に育った仲間たちが就けるはずだった仕事がなくなってしまうことは、自分のことをなじられるより辛《つら》いことだった。

それを言われるたび、涙を何とか堪えて、私は死にものぐるいで夫人の指導に食らいついていった。

そうしてひたすらマナーと教養と『彼女』の動きを習得する日々に明け暮れた。途中から侍女としての仕事や振る舞いも教えられていたのだが、貴族のご令嬢のことも侍女のこともよく知らなかった私はそのことに気付きもしなかった。

□

そんな生活を三年送ったある日、私はミドラー夫人からこう告げられた。

「メアリー、来週から貴女《あなた》にはある仕事に就いてもらいます」

それは私がこの三年間待ち続けていた言葉だった。

このお屋敷に来てからずっと、私はミドラー夫人の元で勉強に明け暮れていた。

伯爵家から雇われながら仕事を全くしていない子供、それが周囲から見た私だった。そのため私は周囲の使用人たちによく思われておらず、最初の頃は食事を抜かれたり、お湯を分けてもらえなかったりした。すぐにそういう明らかな嫌がらせはなくなったが、冷ややかな視線と態度は今日まで変わることがなかった。

やっと仕事に就けることに心の中で安堵していた私に向かって、夫人はこう続けた。

「仕事に就く前に一つだけ誓約を結ぶ必要があります。この仕事をする上で、非常に大切なものです」

そう言うと彼女は私の目の前に一枚の紙を差し出した。

細かな誓約内容が書かれたその紙は、周囲に不思議な紋様が描かれたものであった。それはとある一族に継承されるギフトによるもので、『その誓約内容を必ず誓約者に実行させる』という効力を持つものだった。

そんなことを知るはずもなかった私は、紋様のことなど気にせずただその誓約書に書かれた内容だけを読んでいた。

そこに書かれていたのは『生涯、認められた者以外には仕事内容を話せないようになる』という趣旨のものであった。他人に仕事のことをベラベラと話す必要もないと思った私は、特に深く考えずその誓約書に、叩き込まれた少し癖のある筆跡でサインをした。

翌週、私は身なりを整えられ、ミドラー夫人と共に馬車に乗って新しい仕事先へと向かった。てっきり伯爵家で働くと思っていた私は少し驚いたが、そんな感情を顔に出すと夫人に叱られるため表面上は何事もないかのような振りをしながら馬車に揺られた。

そうして連れてこられたのは、あんなに大きく思っていた伯爵家のお屋敷が霞《かす》むほどのお城であった。見上げる城壁は高く、白く輝いていて、室内も塵《ごみ》一つ落ちておらず、どこもかしこも光り輝いているかのように美しかった。調度品一つ取ってもこの三年間の付け焼き刃の私の知識でも高級と分かるものばかりであった。

そんな新しい職場のすごさに内心圧倒されていると、程なくして私と夫人はある一室へ案内された。

部屋に入るとそこには一人の先客がいた。

彼女は私と同い年ぐらいの赤髪の少女で、緊張に強張《こわば》った様子でそこに立っていた。私も促されるままにその少女の隣に立ち、この職場での上司が現れるのを待った。

しばらく彼女と二人立っていると部屋のドアがノックされ、一人の執事と思《おぼ》しき男性が入ってきた。彼は私と隣にいる少女に視線を向けたあと、「メアリー、君はこちらに座りなさい」とソファを指した。

赤髪の彼女も、ミドラー夫人も、何ならそのきちんとした身なりの執事の人も立ったままであった。なぜ私だけと思ったが、指示には黙って従うよう教え込まれていた私は、背を伸ばして指定されたソファに座った。

そうしていると今度は部屋の奥のドアからメイドがお茶のセットを載せたワゴンを押してこっちにやってきた。彼女は私が座るソファの側までやってくると、私の前に恭《うやうや》しくお茶を出してくれた。

出された紅茶の美しい透き通った色を見ながらまさかと思っていると、先ほどの執事の人が短く「飲みなさい」と私に命令をした。

彼の意図は見えなかったが、それを考えるのは私の仕事ではないとずっと言われてきていた。そのため色々疑問に思うことはあったが、命令に従って私は紅茶を口にした。

ソファに座ってからも、紅茶を飲む間もずっと不躾《ぶしつけ》なほどの視線を感じていた。気まずさや不安はあったが、教えられた通り視線を気にする素振りは見せずに紅茶を最後まで飲んだ。

「なるほど、問題ありませんね。合格です」

紅茶を飲み終わり、カップをソーサーに静かに置いて一拍ほどした後、それまで黙して私を観察していた執事の人がミドラー夫人にそう告げた。何を見られていたかは分からないが、とにかく私は何かに合格をしたようだった。

ソファから立ち上がり、再び赤髪の彼女と並んで立った私に執事の人はこう告げた。

「貴女たちには明日からこの王宮で第三王女であらせられるレオノーラ殿下の元で働いてもらいます。普段はメイドや侍女として殿下のお側に侍《はべ》り、そして有事にはメアリー、お前は殿下の影武者となり殿下をお守りするのです」

2　平穏の終わり

影武者。

告げられた瞬間は意味が分からず固まってしまったが、少し落ち着いてくるとじわじわとその意味が理解できるようになった。

そしてそれと同時に今まであった不可解な出来事も、パズルのピースが噛《か》み合《あ》うように色々と理解できるようになった。

まず先ほど私だけが紅茶を飲まされた件は、きっと私がお姫様の代わりを務められるような所作ができるかどうか見極めようとしたのだろう。

今までミドラー夫人から貴族のマナーだけでなく歩くときの足運びなど妙に細かなところまで教え込まれた。それはきっと私の所作をお姫様の動きに近づけさせるためだったのだろうと思った。

そして私がこの仕事に選ばれた最大の理由。それには私のギフトが関係しているのだろう。

レオノーラ殿下のお姿は姿絵でしか見たことがないが、王族特有の美しいプラチナブロンドの髪であったはずだ。

あんな美しいお髪《ぐし》のカツラを作ることはきっと難しいだろうし、何より私なら触れさせてもらえさえすれば一瞬で髪色を全く同じものに変えることができる。殿下の瞳の色は私と同じ明るめのグリーンであったはずなので、殿下と同い年の私は影武者にうってつけの存在であるはずだ。

私の顔立ちは殿下のように美しくはない。しかし不用意に近づけさせず、近くに人がいても顔を伏せてしまえばきっとある程度はごまかせるのだろう。

そうして納得できることがある反面、分からないこともいくつか残っていた。

その内の一つが隣にいる赤髪の少女だった。影武者になるのが私だとして、彼女が一体何者なのかは未《ま》だ分からないままだった。


疑問は残ったままであったが、私たちは新しい上司であるレオノーラ殿下専属の執事、ギルバード様に連れられ別室へと移動した。連れていかれたのはお城のさらに奥にある、先ほどよりさらに豪奢《ごうしゃ》な部屋であった。

そこに着くと私たちは深く頭を下げた姿勢で待つよう指示された。最敬礼の姿勢と「声がかかるまで顔を上げないように」と言う言葉からまさかと思っていると、奥の重い扉が開き、カツンカツンという華奢なヒールの音が聞こえてきた。

宝石で装飾された美しい靴を履いた少女が私たちの近くまで私のよく知る歩き方で歩いてきて、目の前のソファセットに優雅に腰かけた。そして私たちをしばらく見つめた後、こう声をかけてきた。

「ねぇどっちが私の身代わりになる子？」

私が何かを答える前に、ギルバード様がすぐさま返答をした。

「殿下からご覧になって右に立つ者です。名をメアリーと申します」

「そう、ねぇメアリー、顔を見せてくれない？」

そう言われて私は恐る恐る顔を上げた。

それが私とレオノーラ殿下の初めての対面だった。


「なぁんだ、全然私に似てないじゃない」

それがレオノーラ殿下の私に対する第一声であった。確かに初めて近くで見た殿下は肌が透き通るように白く、目もぱっちりと大きく、まつ毛なんかも私の倍ぐらいありそうなほどだった。

こんな美しい人に私が似ていないのは分かっていたし、私は遠目で見てバレない程度の影武者なのではないのかと思っていると、横からギルバード様が予想していなかったことをおっしゃった。

「メアリーは髪を変えるギフトの持ち主です。一時的にですが殿下と全く同じ髪質、髪色にすることができます。そして顔立ちが殿下に似ていない点はその隣にいるララが対応します」

「どういうこと？　この子にも何か特殊なギフトがあるの？」

「はい、ララは一時的に人の顔を少しだけ変えるギフトを持っております。顔が似ることで声も似たようになることも確認しております。二人のギフトを合わせればこのメアリーを殿下にそれなりに似た容貌、声にすることが可能です」

　ギルバード様の言葉で隣の少女、ララと呼ばれた子がなぜ私と共にここに連れてこられたのかが理解できた。私は髪、彼女は顔の担当のようだった。

「へー、面白い！　見たいわ。ねぇギルバード、今やって見せてよ」

　まるで見世物を楽しむような殿下のお声により、私とララはギフトをその場で使うこととなった。

「まずはメアリーが髪色を変えます。お髪に触れることをお許しください」

「許可するわ」

　レオノーラ殿下のお言葉を受け、私は恐る恐る殿下の髪の毛先に指を触れさせた。

　ギフトを使うときの独特の体の中を何かが通っていくような不思議な感覚を感じていると、視界にあった私の髪が殿下と同じ美しいプラチナブロンドへと変わった。

「すごいわね！　一瞬で変わったわ！　次は顔ね！」

「はい。ララ、こちらへ。ララは殿下に触れる必要はございません。ただし目の前でご尊顔を拝見させていただく方がイメージが正確になるため、御前には立たせていただくことになります」

「見るぐらい構わないわ。好きになさい」

殿下がそうおっしゃったのを受け、ララが私の元にやってきて私の手を握った。ララが殿下のお顔を見ながら、握る手に力を加えたと思った瞬間、顔を何かで優しくなでられたような、不思議な感覚がした。

恐らくララのギフトが発動したのだろうけど、自分の顔は見られないため、私は今自分の顔がどう変わっているかよく分からなかった。しかし目の前にいらっしゃった殿下の反応は顕著だった。

「すごいわね！　これがさっきの冴《さ》えない顔をしていたメアリーなの？　これなら姿絵でしか私を見たことない人ぐらいなら欺けそうね」

「二人ともまだギフトの能力は向上中です。ララの能力が上がればより完成度を上げることが可能かと思われます」

「ふーん、もっと似せられるようになるのね。楽しみ。えっとメアリーとララだっけ。二人とも使えることは分かったわ。これからよく私に仕えなさい」

殿下は悠然と微笑みながら私とララにそうおっしゃった。これが私のレオノーラ殿下の影武者としての生活の始まりであった。

□

ララと私は手続きを経て貴族の養女となり、便宜上レオノーラ殿下付きの侍女見習いということになった。

正式な侍女になるには年齢が足りないが、身代わりとなる者として周囲に不自然に思われず殿下のお側にいるためにそういう仕事を与えられた。ララも同じ職を与えられていたが、特に私は可能な限り殿下のお側にいるよう指示をされた。

それはいざというときに私のギフトだけを使用した状態でも殿下と入れ替われるようにするためだけでなく、殿下の動きや殿下が周囲の人とどのようなやり取りをしているかを私に覚えさせるためだった。

ここに来る前にも存分に叩き込まれたように、身代わりになるには単に見た目だけを繕えばいいというものではないようだった。

同じく私の動きや教養をレオノーラ殿下に近づける一環として、私は殿下が受けられる教育も一緒に受けることとなった。殿下が家庭教師から勉強などを教わっている部屋の壁際に立ち、その内容を拝聴することとなった。

しかし私も同時に学んでいるということは家庭教師にも悟られてはいけないため、その場でノートを取ることも教本を見ることも許されなかった。

さらに侍女見習いとしてその場にいるため、授業の終盤には殿下の休憩用のお茶を用意したりもしなければならなかった。それでいて私が殿下の理解していることを習得しないということは許されなかった。

レオノーラ殿下ができることは影武者である私にも必ずできるよう求められた。そのため、仕事が終わってからも自室で秘密裏に支給された教本で毎日必死に復習をした。

そうしてレオノーラ殿下のお側にいて、彼女と同等の教養や所作を身に付けつつ、侍女見習いとしての仕事もし、さらにギフトの能力を上げる訓練も行うなど気の休まる暇もない毎日を私は送っていた。

本当に大変な日々だったけれども、それに耐えられたのには二つの理由があった。

一つ目は同じ秘密の任務を行うララの存在だった。

彼女も私と同じく孤児院出身で、ギフトの能力を買われてここに来たのだった。使用人室で同室だったのもあるが、この気位の高い貴族ばかりの環境の中で、同じ平民育ちの彼女は唯一気楽に話をできる存在だった。

最初は緊張のためお互いぎこちなかったが、打ち解けるとカラッと明るい性格の彼女のことが私は大好きになった。

それだけでなく、ララは殿下のお側を離れることができない私をさりげなくフォローもしてくれていた。私がお礼を言うと「メアリーの方が大変な仕事を任されているのよ。私にできることぐらい頼って！」と明るい笑顔で返してくれた。

伯爵家にいるときは一人でミドラー夫人の厳しい教育に耐えていたため、私のことを思ってくれる味方がいることはすごく心強いことであった。

そして二つ目はこの仕事に就く前にギルバード様が約束をしてくださった、この危険で重要な任務を行う報酬として、私とララが育ったそれぞれの孤児院の支援を行ってくださるということだった。

市井《しせい》の孤児院のほとんどは寄付や国からの補助金で成り立っている。私ががんばることで先生やみんなの生活がよくなると思うと、しんどい日々も乗り越えることができた。

□

そんな慌ただしくも、ある意味平穏だった日々はそこから一年ぐらい続いた。

影武者と言っても王族であらせられるレオノーラ殿下が危険な目にあうことはなく、私は『万が一』のための存在に過ぎなかった。だからといってレオノーラ殿下のような振る舞いができるようになることに手を抜くことなど許されず、毎日やらねばならぬことに忙殺されていた。

それでも思い返せばあの日までの日々は、本当にまだマシなものだった。

運命が変わったのはレオノーラ殿下と私が十一歳だったあの春の日、隣国であるラッセン帝国の要人の同年代の子どもたちと殿下が顔を合わせるお茶会が開催された日だった。

ラッセン帝国とは三十年ほど前に平和条約を結んでいるが未《いま》だに友好的とは言いがたい関係にあった。

そんな中で迎えた帝国の要人たちをつつがなく歓待することは外交上とても重要なものであった。レオノーラ殿下も普段は小難しい公務を嫌ってはいたが、今回の重要性はよく感じられているのかぶつぶつと文句を言いつつもしっかり対応をされていた。

しかしお茶会の当日の朝、レオノーラ殿下を起こしに向かう侍女についていくと、殿下はベッドで顔を少し赤くしながら横たわっていた。

慌てた侍女が確認すると、殿下は少し熱を出されていた。重要なお茶会であったが殿下の体調が優れないのであれば中止もやむなしかと思われていたが、それに待ったをかけた人物がいた。

それは熱を出した当人であるレオノーラ殿下だった。

「私のことを自己管理もできない王女みたいに思われるのは絶対に嫌よ。このお茶会、やるわ」

「しかし殿下、そのお身体《からだ》では無理かと思われます。どうぞ御身を第一にお考えくださいませ」

必死に説得をしようとするギルバード様に、レオノーラ殿下は人払いをしてからこうおっしゃった。

「もちろんこんな辛い思いをしている私がその場に行くつもりはないわ。代わりなら、ほらそこにいるじゃない」

レオノーラ殿下は薄く笑いながら、私を指差してそうおっしゃった。

3　代役

「メアリーには私と同じことができるよう叩き込んであるのでしょう？　ならあの子にやらせればいいのよ。今日会う人たちは面識がない人ばっかりだから気づきはしないわよ。ねぇメアリー、貴女準備から私の側で見てたしできるわよね？」

レオノーラ殿下にそう問われ、私は答えに窮してしまった。

できる、できないで言えば答えは多分『できる』なのだと思う。ギルバード様が殿下のために準備した資料の内容は全て必死に頭に叩き込んだので覚えている。我が王国からの参加者、ラッセン帝国の来賓の名前や彼らの地位、帝国の基本的な情報、今日両国が準備した茶菓子のことなどは頭に入っている。

しかしそのことと『やってよい』かは別問題だった。

私が答えあぐねていると、ギルバード様が代わって答えてくださった。

「確かにメアリーなら可能かもしれません。お茶会はその他の予定もあるため二時間以内には必ず終わります。メアリーもララもそれぐらいであれば問題なくギフトの能力は持ちます」

「なら何も問題ないわね。そうして」

「しかしレオノーラ殿下、これは王族としての重要な公務です。それをこのような者にさせるなど……」

「重要だからじゃない。あれだけ散々私に大事だ、大事だって言って準備させたのに、ギルバード貴方《あなた》簡単に中止だって言う気なの？　その程度のことに、私をあんなに煩わせたの？」

「いえ、殿下のおっしゃる通り外交の面からも非常に重要な公務となります。しかしだからこそ……」

　何とか説得しようとするギルバード様を遮り、レオノーラ殿下はこう告げた。

「大事ならやりなさい。手段はあるんだから。メアリー、私が命じます。貴女、私の代わりにお茶会に参加なさい。そして必ずお茶会を成功させなさい。私の名に傷を付けるなんて許さないからね」

　そう言いきったレオノーラ殿下は、もう意見を変えるつもりはなさそうだった。ほんの数秒だったが、ギルバード様は目を伏せ、眉をぎゅっと寄せた後、表情をいつもの平坦《へいたん》なものに戻してこうおっしゃった。

「承知致しました殿下、では体調の優れないところに大変申し訳ございませんが、殿下には別の客室に秘密裏に移っていただきます。『殿下の出席するお茶会』の最中に殿下がご自身のお部屋で休まれている訳には参りませんので」

「分かったわ。でも私とてもしんどいのよ？　近くの部屋にして」

「もちろんでございます。あと、メアリーが殿下の影武者であると知る者は限られるため、客室に使用人はララしか置けません。そちらもご了承くださいませ」

「仕方ないわね。我慢するわ」

「ありがとうございます。では午後のお茶会に間に合うよう準備を致します」

そう殿下に答えたギルバード様は、振り返り私とララにこう問いかけた。

「お前たち、今ギフトでの変化はどれぐらい持たせることができる」

「私は半日ほどです」

「私もメアリーと同じぐらいです」

「なら部屋の手配が終わり次第、すぐに殿下と入れ替わりなさい。そしてメアリー、お前はそのままここに残り侍女に着替えをさせなさい」

そこからギルバード様は更に詳細な指示を私に出した。

「メアリー、君は体調が悪そうな振りをするのも忘れないように。先ほど殿下が体調が優れない状態であったことは他の侍女が聞いてしまっている。落ち着いてきたので万全ではないが公務のために少し無理をしているように見せなさい」

そう言い終わると次はララに向かってこう指示を出した。

「そしてララ、君はギフトを使い終えたらすぐ殿下のお側に行くように」

矢継ぎ早に告げられるギルバード様のお言葉を聞きながら、私は頭が真っ白になりそうになっていた。確かに今までレオノーラ殿下の振りができるよう徹底的に仕込まれてきた。

けれども私が殿下の振りをするのは有事の際、非常に混乱した場であろうとずっと思ってきた。殿下の振りをしてお茶会に出るなど考えたこともなかった。

しかし今、レオノーラ殿下に命じられ、ギルバード様にも受けるよう指示をされた。この状況で私には逃げ道などどこにもなかった。

「何してるの。決まったらぐずぐずしないで早く代わりなさい」

私の混乱など全く気に掛ける様子のない殿下のお言葉を受け、私は指先が震えないようなんとか押さえながら殿下の髪の毛先に触れた。初めて殿下とお会いしたとき以来に、自分の髪がプラチナブロンドに輝くのが見えた。

美しく変わった自分の髪をどこか呆然《ぼうぜん》と見ていると、いつの間にか側に来たララが私の手をぎゅっと握ってくれた。ギフトをかけるだけなら触れてさえいれば良いはずなのに、ララは包み込むように私の手を両手で握ってくれていた。

ララのギフトがかかるのを肌に感じていると、ララが小声で私にこう言ってくれた。

「ごめんね。こんなことしか言えないけど、メアリー、貴女の努力を私はずっと見てきた。貴女ならできるわ」

その言葉に伏せていた顔をそっと上げると泣きそうな顔をしたララが私を見つめてくれていた。私のことをこんなにも心配し、励ましてくれている人がいる。そのことがとても心強く感じられた。

「ありがとうララ、私も自分を信じて全力を尽くすわ」

私は意識をして殿下の微笑み方をしながらそう答えた。

□

そこから私とレオノーラ殿下は入れ替わるために服を取り替えた。背格好がほぼ同じである私と殿下は、全く問題なくお互いの衣服を交換した。そして殿下が客室に移られた頃を見計らって侍女を呼んで、私より少し高いレオノーラ殿下に似せた声で着替えを言いつけた。

こうして人前で殿下の振りをするのは初めてであったため、ツンとした殿下らしい表情を保ちつつも心臓はバクバクしっぱなしであった。

しかしララのギフトの能力が一年前より格段に向上していたのもあってか、いつも殿下の側にいる侍女たちはしきりに体調の心配はしてくれていたが、私のことを疑っている様子は全く見られなかった。

緊張のため、いつものレオノーラ殿下よりは口数が少なくなってしまったが、体調が万全ではないと思われていたこともあってかそれを気にするような人は誰もいなかった。

そうして身支度を終えた私はついにお茶会の会場へと向かうこととなった。叩き込まれた殿下の歩き方で廊下を進んでいると、後ろからギルバード様が追い付いてきてくれた。

ギルバード様は私の側まで来るとこう声をかけてきた。

「レオノーラ殿下、体調はいかがでしょうか？」

「朝よりはマシよ」

「そうでございますか。しかしどうぞご無理はなさいませんように」

「分かってるわよ。今日のお茶会の情報に変更はあって？」

「ございません」

「ならいいわ。基本的なことは覚えてきたけど何かあったらギルバード、貴方が手助けするのよ」

「承知致しました」

レオノーラ殿下がいつもこうしてギルバード様にサポートを依頼しているのもあるが、今日は何かあったら助けて欲しいという気持ちも込めてそう言った。

その気持ちが伝わったのか、ギルバード様も私の目を見ながらしっかりと頷《うなず》いてくれた。

柔らかな午後の日差しの降り注ぐ王城の庭園に設置された華やかなお茶会の席に、私は侍女に促されるままに座った。庭園には色とりどりの花が咲き誇り、一流の庭師により整えられたその美しさは芸術品のようであった。

まさか自分が壁際に控えるのではなく、こんなお茶会の席に座る立場として来ることになるとは思ってもみなかった。しかし座ってしまったからには、もうやりきるしかなかった。

早鐘を打ちそうになる心臓を抑えるかのように、私は小さく息を吐き出した。

『レオノーラ殿下』として振る舞わねばならないため一瞬も気を抜けないお茶会であった。

気は張り続けていたが、実際のお茶会の対応だけで言えば殿下は王族であるためそこまで細かな動きは必要とはされない。ギルバード様にも落ち着いて、優雅に構えることが重要であると言われていた。そのため、微笑みを絶やさないようにだけ気を付けながら相づちを打っていた。

つつがなく進んでいたお茶会であったが、終盤になって小さなアクシデントがあった。

王国側から提供した茶菓子に使われていたベリーの話になったときに、そのベリーの産地を領地に持つ侯爵家のご令嬢にあれこれと質問が飛んだ。

私より一つ年下の彼女は急に多くの質問を振られたことに驚いたのか、とっさに上手《うま》く答えることができずにいた。焦りが更なる焦りを生むのか、彼女は言葉が紡げず軽くパニックになりかけていた。

焦る彼女を見ていることができず、思わず声をかけようとしたが、こういうところで自ら動くのは余りレオノーラ殿下らしくはないかもしれないと躊躇《ちゅうちょ》してしまった。

下手な言動で私が殿下ではないということが周囲にバレることは決して許されるものではなかっ

た。

誰かが動くまで待とうかとも思ったが、それと同時にレオノーラ殿下がお茶会を成功させるよう私に命じられたことを思い出した。

殿下らしく振る舞うことも大事だが、お茶会を成功させることも同じく重要であるはずだ。多少のことには目を瞑《つぶ》ってもらえるはずだと腹をくくり、私は彼女に助け船を出すことに決めた。

「フレーグス地方のこのベリーは石垣に植えられるものもあると聞くけど、本当なのかしら？」

彼女の目を見て、微笑みながらゆっくりとそう話しかけた。

この場で一番地位が高いのはレオノーラ殿下だ。『私』が質問をすればそれに答えることが最優先になる。

「ねぇ、貴女は実際に目にしたことがあって？」と意識してゆっくりと問えば、答えることが明確になったことと、少し時間をおけたことで彼女は少し落ち着きを取り戻せた。

そこからはまだしばらくは詰まったりするところもあったが、なんとか一つ一つに丁寧に回答をしていた。

そうして多少のトラブルはあったが、私の初めての『レオノーラ殿下』としての役割は大きな失敗に繋《つな》がることもなく、無事終えることができた。

お茶会が終わり部屋に戻ると、疲れたから少し休むと言って私はギルバード様以外の使用人を下げさせた。そして客室から戻ってきた本物のレオノーラ殿下と無事入れ替わり、私はやっとメアリーに戻ることができた。

私がいつもの侍女のお仕着せに人心地ついている前で、ギルバード様はつつがなくお茶会が終わったことや、そこでされた会話の概要を殿下に報告されていた。

「細かな話はもういいわ、ギルバード。メアリー、よくやったわね。私は今日はもう休むだけだから、早いけどお前も下がりなさい」

殿下から労《ねぎら》いのお言葉とお許しをいただいたので、私はその日はこのお城に来てから一番早くベッドに入った。緊張しているときは気づいていなかったが体は疲労を感じていたようで、ストンと落ちるように眠りについた。


その翌日からは昨日のことは夢か何かであったかのように、いつも通りの多忙な日々に戻っていた。働き、学び、訓練をする。それを繰り返し、レオノーラ殿下の振る舞いを身につける毎日に戻っていた。

あの日のお茶会のことはちょっとしたイレギュラーだったのだと私が思い始めていたある日、いつもの通り侍女見習いとして働いていると殿下の元に一組の来客があった。

それは先日のお茶会で私が助け船を出したご令嬢とその父親の侯爵様だった。

「レオノーラ殿下、先日のお茶会では我が領のベリーのことを話題にしていただき誠にありがとうございました。また我が娘にも格段のお心遣いをいただき、感謝申し上げます」

侯爵様とご令嬢は、そこで殿下に向かって大きく頭を下げた。

「娘も殿下にお言葉をいただいたことに深く感激をしておりました。いやはや、殿下が才女として名高いことは存じておりましたが、その素晴らしさを改めて実感をさせていただきました」

侯爵様とご令嬢はどうやら先日のお茶会で『殿下』が助けてくれたことのお礼を言いに来たようだった。侯爵様もご令嬢も、あの日の殿下の振る舞いがいかに素晴らしいものであったかを多少のお世辞も交えながら大いに語った。

侯爵様からの賛辞とご令嬢から寄せられる尊敬の眼差《まなざ》しに、レオノーラ殿下はご満悦のご様子だった。

「この国のために尽力してくれている貴女の助けになっていたなら良かったわ」

そんな言葉をご令嬢に返しながら、殿下は終始ご機嫌だった。

その様子を見て、あの日殿下らしくない行動をしたことを咎《とが》められないかずっと気にしていた私は密《ひそ》かに安堵していた。

ご令嬢の嬉《うれ》しそうな顔も見られ、ずっと心の端に引っ掛かっていたことが解決して少し気が緩んでいた私は、侯爵様たちが帰られた後も殿下が私を見ながら何かを考えていたことに全く気付いていなかった。

4　殿下の婚約者候補

「頭が痛いわ……」

レオノーラ殿下が人払いをして、物憂げな表情で私とララにそう告げられたのはあのお茶会から一ヵ月ほど経ったある日のことだった。

その日は殿下が苦手とする慈善事業に関する会議に出席される日だった。

「ではギルバード様にお医者様を呼んでいただきましょうか？」

そう言ったララに、殿下は呆《あき》れたような声を出しながらこう告げた。

「察しが悪いわね貴女たち。殿下は頭が痛くて会議に出られないの。でもレオノーラは会議に出なくちゃいけない。そこまで言えばさすがに分かるかしら？」

告げられた内容に、私とララは言葉を失った。

殿下は暗に私に殿下の身代わりとして会議に出るように言ってきたのだ。あのお茶会のことを一回きりのイレギュラーとしてすっかり過去にしていたのは私たちだけで、殿下にはそのつもりはなかったのだった。

「メアリー、貴女が私に代わっても問題がないってこの間よく分かったの。まぁ先日のお茶会だって、ただお茶を飲むだけですもの、当然よね。なら堅苦しい話を聞くだけの会議もわざわざ私本人が出る必要もないと思うのよ。違っていて？」

有無を言わさぬ様子でレオノーラ殿下は私たちにそう言った。

今日は運悪くギルバード様が別件で殿下のお側を離れていた。止めてくれる人は誰もいなかった。

「ほら、二人とも早くなさい。着替える時間がなくなってしまうわ。平民の貴女たちが私の公務に穴を空ける気なの？」

何とかならないかと足掻《あが》こうとしたが、元より殿下と私たちでは地位が違いすぎた。彼女の言葉に抗《あらが》う術を私たちは何一つ持っていなかった。

不安に駆られながらも私たちは命じられるままに、再び私がレオノーラ殿下に成り代わるため、お互いのギフトを作動させた。


そこからはもうなし崩しだった。この会議、この面会、そうおっしゃるレオノーラ殿下に押しきられ次々と公務を代わって行うようになった。

もちろんギルバード様には二回目の代役後、すぐに報告をした。彼からも注意はしてくださったようだが、殿下の対応に変化はなかった。

むしろギルバード様に私たちが報告をしたことを知った殿下は激昂《げきこう》され、眉を跳ね上げながら私たちにこうおっしゃった。

「次に告げ口をしたり、私の命令に逆らったりしたら、お父様にお願いして貴女たちの孤児院への援助を差し止めるわよ！　国からの援助を止められる孤児院なんて何か問題があると思われて、他の貴族たちも次々と援助を打ちきるでしょうね！」

国からの援助がなくなるだけでも厳しいのに、他の貴族からもなくなってしまえば孤児院の運営はきっと成り立たなくなる。その言葉に、私とララはただ黙ってレオノーラ殿下のどんな命令にも従うしかなくなってしまった。

そこからはレオノーラ殿下の嫌う小難しい公務は全て私の担当となった。

私が殿下として振る舞う間、レオノーラ殿下は初めは客間などで大人しくしてくれていたが、それも束《つか》の間《ま》のことであった。

いつの間にか殿下は他人の髪色を変えるギフトを持つシシーという子爵家のご令嬢を見つけてきて、彼女に髪を、ララに顔を少し変えさせ、私が公務をする間、自由に動き回るようになった。

ときにレオノーラ殿下は髪を私に似せた薄茶色に変え、私の侍女見習いの服を着て城内を歩き回った。殿下は侍女見習いの服を着ていてもその仕事をしてくれるはずもなく、そのせいで私は仕事をしない子だと周囲に思われるようになってしまった。

ララも、途中からこの秘密の任務に関わることになったシシーも私のカバーをしてくれたが、公務を代わることが増えればそれだけ私の不在時間も増えた。殿下に成り代われば成り代わるほど、周囲からの私の評価はどんどん下がっていった。

もちろん悲しさも悔しさもあった。けれど私たちで殿下の意向を曲げることなどできるはずもなく、また孤児院で育つ子どもたちのことを思うとそれに逆らうこともできなかった。

『レオノーラ殿下』として過ごす中で、殿下として公務を完璧にこなすことを当然のこととして要求され、少しでもミスをしようものならレオノーラ殿下から激しい叱責を浴びせられた。

覚えること、身につけることの多さに毎日追いたてられるように生きていた。自分には負いきれないほどの責任、叱責に対する恐怖、孤児院を守らなければという気持ち、メアリーであるときの周囲からの冷ややかな視線、色んなものが私をがんじがらめにしていた。

ララとシシー、そしてギルバード様という私を心配し、支えてくれる人がいなければ心が壊れていたかも知れない、そんな生活だった。

初めは苦手な公務のみの肩代わりとして始まった代役であったが、数年が経ち私とララが侍女見習いから侍女になる頃には公務のほとんどは私が担当するようになっていた。そして私がレオノーラ殿下に代わっているその間、自由な時間に殿下はお気に入りの男性たちと逢瀬《おうせ》を重ねるようになってしまっていた。

レオノーラ殿下の遊び相手は王宮に勤めている貴族の令息たちだった。文官や騎士、どこで知り合ってくるのか容貌の整った男たちと変装をした殿下は一時の恋を楽しんでいるようだった。

彼らがいかに自分を愛してくれているかを、公務後再びお互いの立場に戻るために着替える間によく聞かされていた。ここ最近はこちらがドキッとするような身体的な接触の話までされた。たくましい胸板に抱き締められた、情熱的な口付けであった。さすがに純潔に及ぶような話はなかったが、殿下は彼らとの愛をそれは楽しげに語っていた。

しかし殿下の話はいつも「彼は私を愛してくれるし、容姿も申し分ないけど身分が全然足りないのよね。やっぱり私の嫁ぎ先は王族じゃないと嫌。お妃様《きさきさま》になって、本物の王子様に愛されて幸せになるのよ」で締《し》め括《くく》られていた。

□

公務もせず、貴公子たちとの遊びを楽しんでいたレオノーラ殿下であったが、ある日国王陛下より私室へ来るよう呼び出された。

公務の話であれば「貴女が聞いてきて」と丸投げをする殿下であったが、さすがに陛下の私室でする話となるとプライベートな親子の話になる可能性が高い。そのため、その日はご自分で陛下の元に足を運んでくださった。

「最近城内での私の評判が更に上がっているから、またお褒めの言葉をくださるのかもしれないわ。そうだったら、気になってるあの宝石をお父様におねだりしちゃおうかしら。私からのお願いならきっとお父様はすぐ聞いてくださるわ」

そんなことを言いながら、機嫌よく殿下は部屋を出られていった。

今日の陛下との面会には侍女も付けぬよう言い付けられたので、私たちは殿下の私室で午後のお茶の準備をしながらお帰りを待っていた。

久々に静かに自分の仕事をしていたが、その平穏はすぐに破られることとなった。陛下の元から戻ってきた殿下が、部屋に入るなりこう叫んだからだ。

「最悪よ！　このままじゃ私、田舎貴族と結婚させられるわ！」

ソファのクッションに八つ当たりをしながらレオノーラ殿下がおっしゃることをまとめると、どうやらレオノーラ殿下と辺境伯の嫡男との縁談の話が出たそうだ。

まだ婚約者候補らしいが、殿下は物に当たりながらこう金切り声を上げていた。

「お父様ったら信じられない！　この私をあんな田舎にお嫁に出そうとするなんて！　しかも辺境伯なんて！　身分が低すぎるわ！　私は結婚するなら王族じゃないと絶対に嫌よ！　こんな話認めないわ！」

しかし相手に明らかな瑕疵《かし》がない限り、いずれはこの縁談は成立すると言われたようだった。感情の高ぶりでうっすら涙を浮かべたレオノーラ殿下は、怒りも収まらぬまま私にこう命じた。

「メアリー！　明日、田舎貴族がやってくるらしいから相手は貴女がなさい。そして相手の瑕疵を必ず見つけてきなさい！　それでそんな奴《やつ》、スパッと振ってやるんだから！」

その辺境伯のご嫡男のことは名前と簡単な評判しか知らないが、第三王女であるレオノーラ殿下の婚約者候補として名前が上がるに相応《ふさわ》しい立派なお方と聞いている。

陛下も末っ子である殿下のことを他の殿下方より可愛《かわい》がっていると聞くし、そんな殿下にあてがわれた婚約者候補にあからさまな瑕疵があるとは思えなかった。

しかし殿下の命令に対して、私が反論することなど許されるはずがなかった。私はただ頭を下げ、「かしこまりました」と答えた。


こうして私は今日、今この瞬間に辺境伯家の嫡男、アルベルト様の目の前に『レオノーラ殿下』として立つことになったのだった。

お互いに挨拶を終え、改めてアルベルト様を窺《うかが》ってみたのだが、彼はレオノーラ殿下のお眼鏡に適《かな》いそうな十分に整った容貌をされていた。きっと結婚相手ではなく、一時の遊び相手だったなら殿下は喜んでこの人の腕を取ったのだろうなと私はひっそりと思った。

私が心中でそんなことを考えていることなど全く知らないアルベルト様は、表情は少し固いままであったが、スマートにお茶の用意されたテーブルまで私をエスコートしてくださった。

色とりどりの花と華やかな茶器に彩られたテーブルに、侍女が香り高い紅茶をセットして下がると、アルベルト様はおもむろに口を開かれた。

「突然のお話で、殿下も驚かれているのではありませんか？」

つい色んなことを考えそうになっていた私を現実に呼び戻したのは、そんなアルベルト様のお言葉だった。その声は表情に似合わず、こちらを気遣うような優しい声音であった。

「そうですね。陛下からうかがったのは昨日でしたので、正直に言うと少し驚いています」

「急に現れた男を婚約者候補だと言われれば、困惑されるのは当然のことでしょう。陛下からも時間は十分にとってもよいとうかがっております。まずは、友人、それも難しければ知人だと思って接してください」

「アルベルト様のお言葉とお気遣い、嬉しく思います。しばらくはそのお言葉に甘えさせてもらいます」

「はい。少しずつ私のことを知ってもらえればと思います」

急に婚約者として距離を詰めなくてもいいという話は、レオノーラ殿下より瑕疵を必ず見つけるよう命じられている身としては非常にありがたい話だった。私はアルベルト様のお言葉に素直に甘えることとした。

そこからは初対面らしくお互いのことを話した。アルベルト様は私の話を、ときに相づちを打ちつつ静かに聞いてくださった。また彼の趣味、興味のあることの話を落ち着いたトーンで語ってくれた。

知人とでも思って欲しいという言葉の通り、彼の言葉や態度には王族に対する過度な賛辞もへりくだりもなく、権力におもねるような態度も感じられなかった。権力に貪欲な態度を取られたらあしらいが大変だと思っていた私は、少し肩の力を抜いて彼と会話をすることができた。

こうしてアルベルト様との初めての対面は、彼の人柄に安堵する一方、そのようにいい人であるが故にレオノーラ殿下からの命令が重たく心にのし掛かるような、そんな気持ちにさせられるものであった。

第二章　王女と婚約者候補と王子様

1　帝国の王子様

アルベルト様の瑕疵《かし》を探すというレオノーラ殿下からの密命を帯びたまま、『レオノーラ殿下』としての婚約者候補である彼との交流は続いていった。

城内でアルベルト様とゆっくりと二人でお茶を飲み、お互いのことを語らうところから始まり、最近ではお茶の後に庭園の散策に誘われたりするようになった。

しばらく一緒にいると分かってきたのだが、固いと思っていた彼の表情は特に不機嫌という訳ではなく、彼の通常の表情であるようであった。

それを証明するかのように見る人によっては冷たく感じる表情をしているが、アルベルト様は細やかな気遣いを『レオノーラ殿下』にしてくださった。

私より二回りは大きいのではないかと思う少し体温の高い手を、少しでも足場が悪いところでは差し出してくれた。手土産として持ってきてくれる花や茶菓子はどれも私が好きと振る舞っているレオノーラ殿下の好むものばかりであった。

「これは……レモンのタルトでしょうか？」

ある日のアルベルト様とのお茶会で私の目の前に用意されたのは、白いふわっとしたメレンゲと柔らかな黄色のムースからなる見た目も色鮮やかなタルトだった。

「はい、そうです。最近ご令嬢に人気と聞くパティスリーで扱っているものです。お口に合えばいいのですが」

「……爽やかで美味《おい》しいです」

レモンはレオノーラ殿下ではなく私の好物だった。自分の嗜好《しこう》は表には出さないよう気を付けてはいたが、彼はそんな些細《ささい》なことにまで気づいてくれているようだった。

アルベルト様は私が思う以上に『レオノーラ殿下』のことを見てくださっているようだった。

アルベルト様はそのような人物であるため、彼の瑕疵などすぐに見つかるはずがなかった。そのため、しばらくはただアルベルト様と歓談したという報告ばかりをレオノーラ殿下にしていた。

進まない瑕疵探しにてっきりまた激しく叱責されるかと思っていたが、実際にはそうはならなかった。

「私も王宮の人間にあいつの素行調査をさせたけどボロがでなかったわ。よっぽど繕うのが上手《うま》いようね。些細な欠点でも見逃さないようにしながら、交流を続けなさい」

不機嫌そうなレオノーラ殿下にそう指示され、私とアルベルト様の交流はその後も穏やかに続いていった。

「王宮の書籍の所蔵は素晴らしいと聞いていましたが、実際に目の当《ま》たりにすると圧巻ですね」

その日はアルベルト様に誘われ、お茶を飲んだ後に王宮の図書室を訪れていた。レオノーラ殿下ご本人は進んでここに足を運ばれないが、私は公務に必要な書籍を借りるためよくここに殿下の振りをして通っていた。

そのため城内では殿下は読書家ということになっていた。その評判を聞いて、彼はここに私を誘ってくれたようだった。

レオノーラ殿下に成り代わるようになってすぐの頃は、この図書室へはなるべくひそかに通っていた。実際の殿下は図書室になどほとんど足を運ばれていなかったので、殿下に知られれば普段と違う行動をしたとして叱られると思っていたからだ。

しかし、レオノーラ殿下は図書室へと通う私の姿を見た人々から勤勉であるなどと称賛されたため、私のその行動を咎《とが》めることはなかった。むしろ「私の評判を上げるためにもっと堂々と図書室へと行きなさい」とおっしゃられた。

最初のお茶会のときもそうであったが、殿下は自身の評判が上がる行動については、多少殿下らしくない振る舞いをしても私を咎めることはなかった。それが分かってからは、いくつか私の判断で『理想的なレオノーラ殿下としての行動』も行っていた。

「レオノーラ殿下はいつもどのような本を読まれているのですか？」

通い慣れた図書室を案内していると、アルベルト様からそう尋ねられた。

「そうですね。公務に必要な書籍を探しに来ることが多いのですが、外国の文化や風土について書かれた書籍は特に興味深く思います」

「その知識を外交に活《い》かされているのですね」

「実際にその文化に触れている外交官たちには及びませんが、自分にできることはしておきたいので」

「素晴らしいお考えだと思います」

実際には叱責を受けないため、守りたいもののために必要に駆られて行ったことであったが、そう正直に言えるはずもなかった。

そんな取り繕った答えを他人を真似《まね》た作り笑顔で言った私を真っ直《ます》ぐに見つめ、アルベルト様は素晴らしいと言ってくださった。そのアルベルト様の視線と言葉が、彼を欺《あざむ》いている私の心にグサグサと突き刺さった。

それらから逃げるかのように、私は次の場所を案内するため足を動かした。


アルベルト様は本当に素晴らしいお人だった。彼と過ごす時間が積もれば積もるほど、私はそう強く感じていた。

図書室では彼のおすすめの外国の文学作品について話を聞かせてくれた。そればかりでなく、彼が国境の地で実際に見てきた異国の文化の話も聞かせてくれた。慈善事業の会議に出たと話をすれば、彼の領地で行おうとしている貧困対策のことを教えてくれた。

彼が実直なのは私の前だけではなく、私との面会の予定のない日も騎士団に交じり自己鍛練に励んでいると風の噂《うわさ》で聞いた。

彼がそうした素晴らしい人であればあるほど、私の罪悪感は増していった。伴侶になるかもしれない女性にあれほど誠実に接してくれる彼を、私は偽りの姿で騙《だま》していた。

別にそのこと自体は今に始まったことではなかった。これまでもこの姿で多くの人を欺いてきた。

けれど、彼らが見ていたのはあくまでも『第三王女』であるレオノーラ殿下であった。公務をこなすための存在として私はその場にいた。それを証明するかのように、公務のために普段のレオノーラ殿下がしないことを行っても、それを気にする人は誰もいなかった。

でもアルベルト様はこれまでの人たちとは違っていた。

真っ直ぐ目を合わせて、アルベルト様は彼の目の前に立つ一人の少女を見てくれた。レモンが好きという些細なことまで気づいていてくれた。

そのことが私の心をじくじくと痛ませた。

そして彼と共に過ごす時間が増え、私の罪悪感が増すのと同時に、アルベルト様を婚約者候補から引きずり下ろしたいレオノーラ殿下の苛立《いらだ》ちもまたじわじわと増していった。彼との交流を報告する場で、語気を強めて早く瑕疵を見つけなさいと言われることが日に日に増えるようになっていた。

私たちの心中はどうあれ、表面上は穏やかな関係が続いていった。しかしアルベルト様と出会って三ヵ月ほど経《た》ったある日、変化は唐突に起こることとなった。

その変化を起こしたのは、王宮にしばらく滞在することとなった一人の賓客であった。

彼の名はセドリック様、隣国のラッセン帝国の第四皇子だった。

□

両国の友好関係の構築と自身の外遊も兼ねて王国にやってきたセドリック皇子の歓迎式は、華やかなパーティの形式で行われた。パーティはレオノーラ殿下がご自身で行ってくださる数少ない公務の一つであったため、その日私は侍女のメアリーとして殿下のお側《そば》の目立たぬところに侍《はべ》っていた。

王宮のメインホール横の王族用の控え室でレオノーラ殿下の髪を少し直していると、後ろのドアが開きこの国の王太子である第一王子とセドリック皇子が入ってきた。

急いで下がり、頭を下げようとした私の視界の端にあるものが映った。それは頬を染め、うっとりとセドリック皇子を見つめるレオノーラ殿下のお姿だった。

殿下の視線を追い、姿勢を戻す際にそっとセドリック皇子の姿を盗み見た。皇子の姿を捉えた瞬間に、殿下の反応の理由ははっきりと理解できた。

レオノーラ殿下のいつもの遊び相手やアルベルト様など、整った容姿の男性はここでそれなりに見慣れてきたと思っていた。しかし、セドリック皇子はそんな彼らも霞《かす》むのではないかと思うほど美しい姿をしていた。

スラリと通った鼻梁《びりょう》は高く、青色の瞳は美しいアーモンドアイで、薄い唇は穏やかな笑みに彩られていた。まるで彫刻と見紛《みまが》うばかりの美丈夫に、レオノーラ殿下のみならず、よく躾《しつけ》られているはずの王族付きの侍女たちまでもがまるで熱に浮かされたかのようにセドリック皇子をぼんやりと見つめていた。

「……私の王子様」

ポツリと溢《あふ》れたレオノーラ殿下の呟《つぶや》きは確かに聞いていたはずなのに、入場の時間が迫り最終確認に追われていた私は、そのときの殿下の呟きの意味を正確に捉えることができていなかった。

歓迎式が始まっても、皆の視線の中心はセドリック皇子のままであった。それはレオノーラ殿下も例外ではなく、蕩《とろ》けるような視線をセドリック皇子に向け続けていた。

今日のこの会場にはアルベルト様もいらっしゃるはずだった。しかし彼はまだ婚約者候補に過ぎないので、殿下のあからさまな反応についてギルバード様も何もおっしゃらずにいた。そんな殿下

た。

の態度を、私は焦りながらもただ見ていることしかできなかった。

未婚の女性の王族はレオノーラ殿下だけであったので、セドリック皇子のダンスの相手はレオノーラ殿下が務められた。そのまま抱きつかんばかりの殿下のご様子に、私は波乱の予感を感じてい

「私は今日のために生きてきたのね……はぁセドリック様。私の王子様」

自室に戻られてからもレオノーラ殿下はこの調子だった。すぐにセドリック皇子の情報を取り寄せ、夢見心地のままそう呟かれていた。

「彼って婚約者候補は何人かいるけど、まだ正妻となる人は決まっていないそうよ。ラッセン帝国の王族は一夫多妻制が認められているから、彼を一番支援してくれる女性をまだ見極めているんですって。彼はとっても優秀だから、後《うし》ろ楯《だて》によっては実力主義の帝国の次の後継者にもなれるそうなの」

胸の内の熱を全く隠すことなく、殿下はしゃべり続けた。

「こうなったらもう運命よね。王国の王女である私なら彼の強力な後ろ楯になれるわ。彼と私が結ばれれば、私は彼を次の皇帝にしてあげることができる。そして私は彼に愛され、帝国の皇后になるのよ」

きゃあきゃあとはしゃぐレオノーラ殿下に水を差せる訳もなく、アルベルト様のことなど一言も

触れず自分の願望を語る殿下の話にただただ相づちを打った。

あんなに真摯に殿下に向き合ってくださった彼には申し訳ないと思ったが、心の隅でこれ以上彼を欺かなくてよくなることに少し安堵《あんど》している自分もいた。


翌日、レオノーラ殿下は早朝から陛下に面会を求め、昼過ぎには陛下の元を訪れていた。軽やかな足取りで進む殿下の後ろを静かに付いていきながら、私は複雑な心境でいた。

レオノーラ殿下はきっと陛下にセドリック皇子との結婚を願い出るのだろう。その願いが受け入れられれば、アルベルト様とのお話は白紙となる。

殿下の命令とは言え、三ヵ月もただ彼を振り回し、その誠実さを踏みにじってしまった。最後に会うときに彼に何を言えばいいのか、考えるだけで胸の奥がずしりと重みを増すような気持ちになった。

陛下の執務室に殿下と共に入ると、ソファに座るや否やレオノーラ殿下は陛下に用件を話し始めた。

「お父様！　私、我が国とラッセン帝国の更なる友好のためにセドリック皇子の元に嫁ぎたいと考えております。どうかこのレオノーラの願い、叶《かな》えてくださいませ！」

キラキラとした目で陛下を見つめる殿下の態度から、彼女はこの話を断られるとは微塵《みじん》も思っていないように見えた。実際、陛下は末の娘である殿下に甘いところがあり、これまでも殿下は色々とワガママを叶えてもらっていた。

しかし期待に胸を膨らませていた殿下に返されたのは、意外な陛下のお言葉だった。

「ならぬ。レオノーラ、お前には婚約者候補がいるだろう。彼との話がある限り他の話は認められん」

2　王女の恋

「ありえない！　お父様は私のことを愛していないんだわ！」

自室に戻ってからのレオノーラ殿下は、物を手当たり次第に投げながらそう叫んでいた。

あの後、殿下はどうにか陛下を説得しようと試みたが、陛下が首を縦に振ることはなかった。

「国防も国家の重要事項の一つだ。お前にはその役割を期待しているんだ。お前自身にそのことにしっかり向き合ってほしいと私は思っている。それにアルベルト君に何か問題がある訳ではなかろう。何か彼と婚姻できない決定的な理由でもあるのか？」

そう問われ、今のところ瑕疵を見つけていない殿下は引き下がらざるを得なかったのだ。

陛下の前を始め、外では猫を被《かぶ》っているため何とか耐えていたものが、自室に戻るなり爆発した。

私たちやギルバード様以外は下がらせた私室で、色んなものに当たり散らしながら、レオノーラ殿下は私にこう怒鳴り付けた。

「あんたがとっととあいつの弱みを見つけないからよ！　三ヵ月もあったのに！　この無能！」

手元にあった手鏡をお腹《なか》の辺りに投げつけられながらも、私はただ謝罪をし続けるしかなかった。

「お父様からあいつと交流を続けるように言われたからまだあの男と会わなきゃいけないわ。そっちはメアリー、あんたが何とかなさい！　私がセドリック様と結婚できるようになるよう、さっさとあの男の瑕疵を見つけてきなさい！」

こうして私は引き続きアルベルト様の前にレオノーラ殿下として立たされることが決まってしまった。


セドリック皇子の歓迎式から一週間ほど経った昼下がり、いつもの通りアルベルト様との面会が設定されていた。

歓迎式でレオノーラ殿下がセドリック皇子に夢中になっていたご様子をアルベルト様もご覧になっているはずである。私は重い足取りで彼といつもお茶をしているサンルームへと向かった。

しかしそんな私の予想とは裏腹に、私を出迎えてくれたのはいつもと変わらぬアルベルト様であった。

殿下のあの夜の表情をご覧になっているはずなのに、彼はいつもと変わらない態度で私に花束を渡してくれた。白いガーベラを中心とした花束はとても愛らしいものであったが、その花の美しさが、彼の優しさが却《かえ》って私の心を締め付けた。

セドリック皇子の歓迎式でのことも、レオノーラ殿下の癇癪《かんしゃく》も何もなかったかのように、アルベルト様との時間は以前と変わらない本当に穏やかなものであった。

視線を上げれば、初めて会ったあの頃よりは幾分か柔らかくなった表情で、彼は私の目をしっかり見つめ返してくれた。彼の澄んだ橙《だいだい》の瞳を見ると、ただ彼を振るための時間を稼ぐためにこうしてここにいる自分に、何だか無性に泣きたい気持ちになった。

「どうかしましたか？　気分が優れませんか？」

しばらく黙り込んでしまっていたせいか、アルベルト様に心配そうにそう覗《のぞ》き込《こ》まれてしまった。自分に向けられる気遣わしげな視線に、私は本当に泣きそうになってしまった。

私は貴方《あなた》を騙している。優しくしてもらう価値などない。許されるならそう叫んでしまいたかった。

「何でもありませんわ。お気遣いありがとうございます」

しかし弱い私にできることは、ただレオノーラ殿下の命令の通りに働くことだけだった。私は平気な振りをして、彼に殿下の笑みで微笑《ほほえ》みかけた。

そうして私がアルベルト様との対応も含め公務などを引き受けている間、レオノーラ殿下は憂さ晴らしでもするかのように変わらず令息たちと遊んでいるようだった。

しかしそんな奔放な生活を続ける一方で、以前とは違ってセドリック皇子が同席されるものについては小難しい公務にも自ら参加してくれるようになっていた。

「さすがですわ、セドリック皇子。ぜひもっと詳しくお話をお聞かせいただきたいですわ」

セドリック皇子と顔を会わせる機会が少しでもあれば、レオノーラ殿下は皇子に積極的に話しかけるなど、好意を全く隠さずにいた。

今にも腕に抱きつきかねない勢いで話しかける殿下に対して、初めはセドリック皇子は常に少し距離を置く紳士的な態度で接していた。

そのように一方的な関係に見えていたセドリック皇子とレオノーラ殿下の関係であったが、殿下の懸命のアプローチもあってか少しずつではあったがセドリック皇子も殿下のお話に付き合ってくださるようになっていった。

そうしているうちに二人の仲はさらに進展し、両国の友好のための交流という名目で二人きりでお茶をされるまでになった。

「そういえば先日王都の平民のための学校を見学させていただきました。まだ試験的な段階とは聞いていますが、素晴らしい取り組みでした。この活動にもレオノーラ殿下は積極的に参加されていたと聞きました。殿下の民を思う気持ちは本当に素晴らしいものですね」

いつだったかレオノーラ殿下とセドリック皇子のお二人のお茶の席で、セドリック皇子は殿下にそうおっしゃった。

称賛の言葉を贈るセドリック皇子にレオノーラ殿下は少し頬を染めながら、美しく微笑んでこう返していた。

「皆のことを考えるのは当然のことです。でもセドリック皇子にこうして認めていただけて、とても嬉《うれ》しく思います」

平民の識字率を上げるための活動は私が殿下として積極的に行ってきた取り組みだった。しかし『私』の功績は『レオノーラ殿下』の功績となる。殿下はそんなことなどこれっぽっちも気にすることなく、目の前の美しい王子様との時間を楽しまれていた。

私にアルベルト様の対応を続けさせながらも、レオノーラ殿下はセドリック皇子との距離を着実に詰めていっていた。最近では庭園の散策を、私たち侍女を遠くに下げて二人きりで行っていた。

さすがに他の遊び相手とは違い、レオノーラ殿下も婚約者同士ではない未婚の男女としての適切な距離は保っていた。しかし、その親密度は日に日に増していった。

そうなると城内では色々な噂が流れるようになった。

『レオノーラ殿下は心から愛する人を見付けられたのに、国のためにその方と結ばれることを諦めようとされている』

『レオノーラ殿下が言い出さないことをいいことに、殿下のお相手は婚約者候補の座に居座り続けている』

アルベルト様は陛下が据えられた婚約者候補である一方、セドリック皇子はレオノーラ殿下が自ら見初《みそ》めた男性であった。

レオノーラ殿下の人気が高いこともあってか、人々の噂ではアルベルト様は悪者にされがちで、想《おも》い人であるセドリック皇子こそがレオノーラ殿下と結ばれるべきだとなっているようだった。

そのような城内の噂を耳にしたり、二人が仲睦《むつ》まじく庭園を散策していることも聞いたりしているだろうに、アルベルト様の私への対応はそれでも何一つ変わることはなかった。

『レオノーラ殿下』と会う日には、彼はお茶菓子や花束などこちらの好きなものを必ず手土産として持ってきてくれていた。

彼と二人穏やかにお茶を飲み、図書室や庭園で色々なことを話し合った。これからの国のこと、周辺諸国の文化のこと、優れた外国の文学作品のこと、民の生活のこと。

そこに恋人同士がするような甘い話は何もなく、大きな笑い声が響くような会話でもなかった。それでも彼との時間は、私にとってかけ替えのないものとなっていた。

彼の瞳が私を映すと心が揺さぶられた。

彼が見ているのはあくまで『レオノーラ殿下』であることは分かっている。自分が彼を欺いていることもだ。

それなのにいつしか、その瞳に『私』が映りたいと願う心が生まれてしまっていた。

アルベルト様に会うと、罪悪感と喜びと悲しみで心の中はぐちゃぐちゃになりそうになった。それでも殿下の命令だからと自分に言い訳をして、すっかり慣れてしまったレオノーラ殿下の笑顔でいつも彼の前に立っていた。

そうして色々な心の矛盾を抱えながらも、日々は過ぎていった。

アルベルト様の前にレオノーラ殿下として立ち、レオノーラ殿下とセドリック皇子の逢瀬《おうせ》を遠く見守り、公務をこなす。

そうして心を殺して生きていても、時間は流れを変えず淡々と過ぎていった。

しかしどれだけ時間が過ぎていっても、アルベルト様の瑕疵は見つからないままであったし、レオノーラ殿下とセドリック皇子も二人の仲は深まっていても、陛下に結婚を認められるところまでは至っていなかった。

そんなどちらの決定打もない状態のまま、気がつけばセドリック皇子がラッセン帝国へ帰る期日が近づいてきていた。

セドリック皇子の帰国が迫ってくると、レオノーラ殿下の癇癪はより酷《ひど》くなった。まだあの男を追いやれないのかと、私は服で隠れる場所を何度も扇子で打たれながら責められた。

陛下に再びセドリック皇子と結婚したいのだと訴えに行って、断られたときも酷かった。レオノーラ殿下専用の一点ものの茶器も割られ、部屋中のあらゆるものがなぎ倒された。

そんなレオノーラ殿下であったが、本格的にセドリック皇子の帰国が迫ってきた最近では少しでも時間を共有することに労力を向けることにしたのか、空き時間を作っては彼の側に向かうようにされていた。

そのためここ二回ほどアルベルト様との面会はキャンセルされていた。

いつもならそのようなことには何か苦言を呈するギルバード様も、セドリック皇子の滞在の終わりが見えているせいか殿下に何かをおっしゃることはなかった。

そのようにレオノーラ殿下のご予定は全てセドリック皇子中心で回っていた。そのため殿下のご予定はよく直近で変更され、私もララもシシーも皆、急な入れ替わりや、入れ替わりの中止などに振り回されていた。

最近では私もララもギフトをちょうど一日継続できるようにはなっていたが、レオノーラ殿下がすぐセドリック皇子の元へ行ってしまわれたりするので、いつギフトを使うか、発動したギフトをいつまで維持させるかなどを細かく調整しないといけない気の抜けない日々が続いた。

実際に午後にギフトを使用して、翌日の昼前までそれを解けないなんてことも何度かあった。

□

「急な会合に呼ばれたの。メアリー、貴女《あなた》代わりに行ってきて」

　レオノーラ殿下にそう急に命じられたのは、変則的な予定をこなすため前日の昼過ぎからギフトを使用し続けていたある日のことだった。セドリック皇子の帰国まではあと一週間を切っていた。殿下からお声がかかった時間はまだ午前の早い時間ではあったが、最近は本当に予定が読めないため念のため一度ギフトのかけ直しをお願いしたかった。

　しかし殿下はそれだけを伝えると、足早に出ていってしまった。

　レオノーラ殿下から急な命令が来るのはいつものことではあったので、不安は少しあったが私はすぐに諦めた。改めて侍女に聞くとその予定は一時間ほどの会合との答えが返ってきたので、私は腹をくって指定された部屋へと向かうことにした。

　連れて行かれたのはある離宮にある応接室だった。かつての国王の愛人のために建てられたというその離宮は、その建設された経緯と立地の悪さからあまり利用されていない場所であった。

　急な会合だったので場所がここしかなく、と言う侍女の言葉を聞き流しながら、私はその部屋へと足を踏み入れた。

　急に会合が行われるとすれば近く開催される教会の慈善行事かなにかだろうか、そんなことを思いながら私は部屋を見渡した。

　するとそこには予想していなかった人物がいた。

なんとそこには、しばらくお会いしていなかったアルベルト様のお姿があったのだ。

思いがけない人物の姿に、驚きのあまりもう少しでそれが表情に出るところであった。そんな風に危うく固まりかけていた私に、彼はいつものように柔らかにこう話しかけてきた。

「時間の調整ができたとのことで、こうしてお声を掛けてくださってありがとうございます。お顔が見られて嬉しく思います」

そう言う彼の言葉の意味が捉えきれず、私は思わずここまで案内してきた侍女の姿を探した。

しかし彼女は既に下がっていて、部屋には別の侍女がお茶の用意をしている姿しか見えなかった。

焦りながらもアルベルト様に掛けられた言葉を脳内で反芻《はんすう》した。

『時間の調整ができたので、レオノーラ殿下が私に声を掛けてくれた』

アルベルト様の言葉が額面通りであれば、彼にはレオノーラ殿下側から誘いの連絡がいったということになる。

私がここに連れてこられた理由である『急な会合』とは噛《か》み合《あ》わない話に、脳内は混乱していた。

しかしそっと差し出されたアルベルト様の手を無視する訳にはいかないため、私は表情を保ちながらとりあえず促されるままに席に座ることとした。

私が好む柑橘《かんきつ》のよい香りのする紅茶が目の前にセットされるのを見ながら、私は胸騒ぎのような、言い様のない不気味さを感じていた。

今レオノーラ殿下は全ての時間をセドリック皇子のために使っている。それなのに、殿下に時間ができたからと誘われたと言うアルベルト様。虚偽の理由で連れてこられた私。人気《ひとけ》のない離宮。

違和感ばかりがある状況であったが、目の前のアルベルト様は久しぶりに私と会えたことを率直に喜んでくれていた。向けられる視線も、かけられる言葉も全てが優しさに満ちていた。

それを無下にもできず、また私自身も久々に彼に会えた喜びを感じていたため、一旦違和感を押しやることにした。

彼との齟齬《そご》が発生した原因を探るにも、今は情報が少なすぎる。アルベルト様にならい、色々落ち着きを取り戻すためにも私は紅茶に口をつけた。

「最近はお忙しくされていると聞きますが、きちんとお休みは取られていますか？　今日もご無理をされていませんか？」

いつものように真っ直ぐに私の目を見つめてくる彼に、心拍数が少し上がるのを感じていた。

たとえそれが『レオノーラ殿下』に向けられたものであっても、彼の気遣いが嬉しかった。

大丈夫です。アルベルト様こそ騎士団との訓練でお疲れではないですか？

そう返そうと思った言葉は、私の口から出ることはなかった。

なぜなら私はそのとき、既に意識を失ってしまっていたのだった。

3　ララの不安な予感

私が他人の顔を少し変えられるギフトを持つために、メアリーと一緒に影武者の任務を命じられ、レオノーラ殿下の下《もと》で働き始めてからもう七年近く経つ。ずっとそれなりに忙しくはしていたが、最近は輪をかけて酷かった。

セドリック様！　セドリック様！　セドリック様！

愛《いと》しの王子様のために予定を踏み倒すお姫様のおかげで、私たち周囲の使用人は目の回る忙しさだった。

普通の侍女でさえてんてこ舞いになるぐらい忙しかったから、あの任務がある私やメアリーやシシーはそれよりさらに大変なことになっていた。

特にメアリー、最近のあの子は可哀想《かわいそう》に、急な予定変更に合わせるため日を跨《また》いでもギフトを解除できないことまであった。

そんな日、メアリーはレオノーラ殿下の私室の横の控え室で身を隠して夜を過ごしていた。あれではきっとゆっくりと眠ることすらままならないだろう。

ギフトの違いもあり彼女の肩代わりを私がすることはできない。そして何より、七年以上レオノーラ殿下の振る舞い、王族としての教養を身につけ、またこの数年公務の実績を積んでいる彼女に、侍女としての動きしかできない私が取って代われる訳がなかった。

私にできるのはただ、シシーと共に影武者としての彼女を支えることだけだった。


その日も前日からレオノーラ殿下による突然の予定変更に振り回され、皆バタバタとしていた。予定が更に変わる可能性があるためメアリーが日を跨いでもレオノーラ殿下のお姿のまま待機しているのは把握していた。

けれど、色々と急な仕事を振られ彼女がどこにいるかまでは気に掛けきれていなかった。

そのため、メアリーがいないことに私が気づいたのは、正午を少し過ぎた辺りだった。

彼女が殿下のお姿のままなら昼食の手配を考えなきゃいけない、そう思い殿下の私室の横にある控え室の奥、用事がなければ人の入ることのないクロークへと足を踏み入れた。

しかし、いつもはそこで待機をしているはずのメアリーの姿は、そこにはなかった。自分のギフトが継続している感覚は確かにあった。しかし彼女はそこにいなかった。

ここにいないと言うことは、バタバタしていて気づかないうちに殿下と入れ替わってしまったのだろうと思った。

メアリーの姿を変えるときには、私のギフトを使う必要があるので必ず私にも声がかかる。けれど、一度ギフトを発動さえさせてしまえば私が近くにいなくてもその効果は続く。

だから最近のような長時間の入れ替わりのときは、姿が変わってから時間が経った後のメアリーの細かな予定は私の耳には入らないこともあった。

特に今日は部屋から離れる仕事をよく頼まれていたため、私は今の殿下の予定をきちんと把握できていなかった。

とにかく、メアリーの居場所を確かめるにはレオノーラ殿下の今の予定を確認すればいい。

そう思った私は、近くにいた侍女に殿下の今の予定を確認してみた。

「ああ、レオノーラ殿下なら今は愛しの王子様のところよ。昼食後にお時間が取れたらしく張り切って出掛けられたわ。午後のお茶も向こうで用意するよう手配してるみたいだから、しばらくは戻られないと思うわよ」

そんな侍女の話を聞いて、私は混乱してしまった。

セドリック皇子関連の用事は必ず本物のレオノーラ殿下が行くはずである。今、外で活動している『レオノーラ殿下』が本物の殿下なら、ギフトを発動させたままのメアリーが待機場所にいないなんておかしいと思った。

本物のレオノーラ殿下が外でご本人として活動されている間、ギフトを維持したメアリーは当然外には出られない。殿下が二人もいてはいけないからだ。

それなのに、今レオノーラ殿下は出掛けられ、メアリーは少なくとも私のギフトがかかったままだけど待機場所にいなかった。

何だか嫌な予感がした。思い返せば今日の午前、普段は任されることのない時間がかかる届け物の仕事を急に振られた。

ドクドクと妙に煩《うるさ》く鼓動を打つ心臓を落ち着かせるために、一度深く息を吸ってから、改めて時計を確認した。

時間は十三時の手前。ギフトはあと一時間ほどしか持たないはずだった。

レオノーラ殿下ご自身が活動されているなら、メアリーの変化が解けても基本的には問題はないはずだった。けれども彼女がどこにいるのかを確認できなければ落ち着いて仕事ができそうになかった。

だから私は仕事をしながら、午前のレオノーラ殿下の予定がどうであったかを探ることにした。

「そういえば一人だけ侍女を付けて急いでお出かけされたわね。でもすぐ戻って来られたわよ。時間？　うーん十時頃だったかしら」

一人の侍女からそんな話を聞けたのは、ギフトの効果があと三十分を切ろうかという頃だった。

他の侍女は把握していなかった情報で、彼女もたまたま出ていくのを見かけたのだと言っていた。

レオノーラ殿下ご本人が動かれるときは良くも悪くも賑《にぎ》やかになる。人知れず部屋を出ていったのは本当に殿下ご自身だったのだろうかと、私は疑問に思った。

それぐらいしか根拠はなかったけれど、私はメアリーはそのタイミングでレオノーラ殿下として外に出たのではないかと思った。

　メアリーが本物のレオノーラ殿下と入れ替わるため、殿下が出掛けられる前に部屋に戻らなかった理由は分からなかった。

　けれども彼女が『レオノーラ殿下』として外に出たのなら、ギフトの効果が切れる前に探し出さねばならないと思った。万が一にも、人前でギフトを切らせる訳にはいかないからだ。

　どうしようかと悩んでいると不意にシシーから声を掛けられた。

「ねぇララ、殿下宛に届いているお荷物の確認に行きたいのだけど手伝ってくれない？」

　今はそんな暇はない、そう返答をしようとしたが、何かを言う前にシシーに腕を取られ、殿下の部屋から連れ出されてしまった。

「ねぇ、シシー待って！　私、今手が離せないことがあって」

　いつにない彼女の強引な態度に驚きつつも、そう言って腕を解こうとした。

　しかし私が腕を振りきるより先に、人気のない廊下に引っ張って来られてしまった。何とか解放してもらおうともがいていると、周囲に人がいないことを確認したシシーが小声でこう言ってきた。

「……手が離せないことって、メアリーのこと？」

　頭の中を占めていた名前が急に出たことで、私は取られていなかった方の手でシシーの肩を摑《つか》んでしまった。

「シシー！　貴女何か知ってるの？」

「知らないけど、ララがそんな気を揉《も》むのはメアリーのことが多いじゃない。私たちの『仕事』を考えれば当然かもしれないけど。ねぇ、メアリーに何かあったの？」

そう問われて私はシシーがこの話をするためにここまで連れてきてくれたのだとやっと理解した。掴んだままであった彼女の肩から手を離しながら、こう言葉を返した。

「分からない。けどギフトを使ったままなのに姿が見えないの。だから気になってしまって」

「殿下ご本人がお出かけになってるのにギフトが使われたままなの？　なるほど、分かったわ。私も手伝うわ。彼女を探しましょう」

それから私たちは各所にいる衛兵にレオノーラ殿下の落とし物を探していると伝えて、メアリーの足取りを追った。彼らの話を聞くと、どうやら殿下の姿をしたメアリーはあまり使われていない離宮へと入っていったようだった。

私たちは急いでその離宮へと向かった。


たどり着いたその離宮は、他の建物と比べると小さかったが、それでもそれなりの部屋数はありそうだった。ギフトの保持時間はあと十分を切っていた。

「時間が迫っているなら手分けした方がいいわね。私は一階を探すわ。ララ、貴女は二階をお願い」

「分かった」

シシーと離宮の入り口で別れ、私は離宮の階段を許されるギリギリの速さで駆け上がった。

離宮の二階は寝室などの私室となる部屋が並んでいた。人気はなかったが、念のため一部屋ずつノックをしながら回っていった。

三つ目の部屋をノックすると、中から返事があった。部屋から顔を出したのはどうやら掃除を担当しているメイドのようだった。

私は焦りを表に出さないようにしながら、衛兵に伝えたようにレオノーラ殿下の落とし物を探しに来たのだと彼女に伝えた。

すると彼女はそれなら、とすぐ答えを返してくれた。

「ああ、殿下がご使用になったのは恐らく一階奥の応接室ですよ。今日は午前からその部屋を使用するから近づかないよう言いつけられておりましたので」

そこだ！　間違いない！

そう思った私は彼女に素早くお礼を言い、ついさっき登ってきた階段を駆け下りた。

時間はあと五分とないはずだった。既に早歩きから駆け足に変わっていたため息が上がり、心臓がドクドクと煩かった。

それでもこの離宮の広さならギリギリ間に合う、そう思いながら懸命に足を動かした。部屋に着いて、もしそこに人がいたら、とりあえず適当な理由を付けて部屋からメアリーを連れ出さねばと

思った。

この際、陛下からのご伝言ですとでも言うしかないか、そう思いながら駆けていると、廊下の先にシシーが立っているのが見えた。

「シシー！　そのっ、奥なの！　そこに彼女が……！」

息を切らしながらもなんとかシシーにそう声をかけた。応接室はシシーの立つ廊下を曲がればすぐだった。彼女に動いてもらえれば間に合う。ギリギリだったけど何とかなった。

そう気を抜いたその瞬間だった。

「お前がレオノーラ殿下の御名前を騙《かた》り、離宮をうろついているという怪しい女か！」

私はいきなり衛兵に押さえつけられ、身動きを取れなくされてしまった。

衛兵がなぜここに？　怪しい女って何？　突然のことに混乱していたけれど、とにかく今はメアリーだと思った。

もうすぐギフトが切れてしまう。その前にメアリーを救い出さなきゃいけなかった。

衛兵の強い力で押さえつけられながらも、祈るような気持ちでシシーの方を見ようとした。さっき必要なことは伝えられたはずだ。彼女ならきっとあれだけ伝えられたら大丈夫だ。

そう思いながら何とか顔を応接室の方に向けた。

その瞬間、プツリとギフトが切れる独特の感覚がした。

メアリーを助けたかった。その気持ちはシシーも同じだと信じていた。

しかしそのとき、私の視界の端に見えたのは応接室へ続く廊下の壁際で微動だにせず静かに立つシシーの姿だった。

「……シシー、貴女」

衛兵に拘束された両手から力が抜け、思わず言葉がそう溢れた。シシーは私の言葉に一瞬顔をぎゅっと歪《ゆが》ませたけど、すぐにその顔を戻して、深く頭を下げた。

シシーが頭を下げたその方向から、軽やかなヒールの音を含む足音が聞こえてきた。

私は衛兵に引きずられていくその最中に、離宮に入ってきたレオノーラ殿下とセドリック皇子の姿を見た。

4　レオノーラの罠《わな》

「セドリック様にこんなことを聞いていただくのは申し訳ないのですが、他にこんなことを相談できる人はいなくて……」

いつも側にいるメアリーを始めとした侍女たちも普段より遠く下がらせた二人きりの空間で、私

——レオノーラはすぐ隣にいてくれる彼にそう話しかけた。

『レオノーラ殿下の瞳はまるでエメラルドのように美しい』と人々に称賛される瞳を意識的に悲しげに伏せ、でき得る限り儚《はかな》そうな表情を作りながら、私はセドリック様の反応を待った。

そんな私を痛ましい表情で見つめながら、セドリック様はこう答えてくれた。

「私たち王族は自分のことでさえ好きに語ることは許されません。私が話を聞くことでレオノーラ殿下のお心が少しでも晴れるのならば、私は喜んで貴女の話をうかがいます」

私を思いやってくれる彼の言葉に、今度は演技ではない本物の涙が、私の瞳にキラキラと光る膜を張った。その視界を通して見える彼は、いつも以上に輝いて見えた。

ああ私の王子様。私の運命の人はやっぱり貴方に違いない。

そんな彼と私が結ばれるための必要な計画を実行するため、私は続く言葉を彼に語りかけた。

□

この計画を思い付いたのは、彼の帰国の予定を聞いてしばらく経ってからだった。それまでは悲しくて悲しくて、何も手に付かなかった。けれど、これを思い付いた瞬間に自分の未来がパッと明るく輝くのを確信した。

それまで私をイラつかせていたお父様がセドリック様との結婚を今は認めてくださらないこと

も、田舎貴族が私の婚約者候補に居座っていることも、どんくさいメアリーがあいつの瑕疵を未《いま》だ見つけられないことも、この計画を思い付いてからは全てが計画をドラマチックに仕上げるための要素に思えてきたぐらいだった。

私は普段は大して信じてもいない神に感謝しながら、この計画に必要なことを考え始めた。

計画の下準備は至極シンプルだった。セドリック様にとある相談を持ちかけるだけだった。

最近、セドリック様は私との時間を多く取ってくださるようになっていたので、それは何も難しいことではなかった。

私が深く悩んでいる演技をして彼に相談を持ちかけると、彼は優しくそれを受け止め、真摯に話を聞いてくださった。向けられる私を心配する視線に思わず頬が染まりそうになったほど、彼は私を思いやってくれた。私は改めて私と結ばれるのは彼だと確信しながら、必要な相談を彼にし続けた。

相談をある程度し、下準備が終わると次は計画を実行するための日程を調整した。

これが意外に難しく、セドリック様のお時間をいただけるタイミングにそれを合わせることが中々できなかった。そのため何度か日程を再調整することになった。

四度目の調整で、やっと全ての条件を整えることができた。侍女たちが全ての手配を終えたのを確認した私は、最後の仕上げとして私の愛する王子様の元へと向かった。

「アルベルト様が今日、侍女のような女性と人気のない離宮へ向かうのを見た者がおりますの。彼を信じたい気持ちは残っています。でもこのままでは不安ばかりが募ってしまって……。一人では勇気が出ないのです。どうかセドリック様、私が真実と向き合うことに立ち会ってはいただけないでしょうか？」

私はいつもより気合いの入った演技をしながら、そうセドリック様に懇願した。そう、これまでに行ってきた下準備とは、アルベルトがとある侍女と不貞をしているという噂をセドリック様の耳に入れることだった。

これまでも幾度も婚約者候補が不貞をしているという噂に心を痛める演技をしてきた。彼にもそう印象付けることに成功しているはずだった。

しかしここで彼が付いてきてくれなければ計画が狂ってしまう。そのため私は少しの不安を感じながらも、祈るような気持ちでセドリック様を見つめた。

私のそんな視線を受け、彼はその美しい瞳で私を見つめ返した後、私の手をそっと取りながらこう伝えてくれた。

「彼の噂が本当であるならば、それは到底許されないことです。それに困っているか弱き女性を放ってはおけません。ぜひ、貴女の力にならせてください」

指先まで完璧に美しい彼の手が、私の白い手をそっと握ってくれた。私はあふれそうになる歓喜の心を何とか押し留《とど》め、目を伏せながら彼にお礼を言った。

時計を見ると、そろそろ頃合いだった。私はセドリック様のエスコートを受けながら、とある離宮へと向かった。

離宮に足を踏み入れると、俄《にわか》に騒がしい声がした。声のした方向を見ると、ララが衛兵に取り押さえられているのが見えた。その側にはシシーがいて、私たちに気づくと深々と臣下の礼をした。

やっぱりシシーを配置しておいて正解であったようだ。ララは平民の癖に妙なところで勘がいいし、何よりあの子のことをよく気に掛けていた。土壇場でこの計画の邪魔をする者がいるならララだと思っていたけど、私の采配は見事当たったようだった。

「あれは？　君の侍女のようだが、どうかしたのかな？」

取り押さえられているララを見ながら、セドリック様がそう私に尋ねられた。

「彼女は私の侍女ですが、どうやらアルベルト様の不貞に手を貸していたようなのです。そこのシシーがそのことに気付き、彼女のことを見張ってくれていたのです」

私はあらかじめ考えていた設定を淀《よど》みなく言葉にした。

「彼女がここにいるということは、やはりアルベルト様は今日、ここで不貞の相手と密会しているのかもしれません」

「なるほど。レオノーラ殿下、大丈夫ですか。辛《つら》い事実と向き合わなければならないかもしれませんが、微力ながら私もおります。どうぞ頼ってください」

「セドリック様……！　勿体《もったい》ないお言葉、ありがとうございます。私、不安ですがしっかりこの目で真実を確かめます」

セドリック様に支えてもらいながら、私は離宮の応接室の前に立った。計画は全て順調に進んでいるはずだ。それでも緊張で少し体に力が入ってしまった。

そんな私を勇気づけるかのように、セドリック様は手をぎゅっと握り、私に微笑みかけてくれた。私は彼に笑顔を返し、シシーがドアを解錠し、開けるのを待った。


ドアが開くと、そこには二人の男女がいた。男はジャケットやベストを脱ぎ、シャツのボタンもいくつか開けた状態であった。女は乱れた髪でそんな男の側に立っていた。

突然開いたドアに驚いたのか、二人とも驚愕《きょうがく》の表情をしながらこちらを見ていた。まるで、不貞が見つかった男女のようで私は思わず小さな笑みを溢《こぼ》した。

そこにいたのは私の婚約者候補のアルベルトと、髪と顔にかけたギフトが解けたただの小娘に戻ったメアリーだった。

驚きに固まる二人が今の状況を把握する前に、私は畳み掛けるようにこう声をあげた。

「アルベルト様、信じていたのに……。やはり私の侍女とそういう親密な仲になられていたのですね！」

私はにやけそうになる顔を隠すためにも、両手で顔を覆い、涙を堪えるような素振りをした。先に私がこう告げることで、周囲はまずそういう目で二人を見るはずだ。そうなれば彼らが何を言おうが、言い訳がましく聞こえるようになるだろう。

この場には私の他にセドリック様も、シシーも、その他の侍女もいる。アルベルトの瑕疵を確定付けるには十分な目撃者がいた。

「レオノーラ殿下？　これは一体どういうことでしょうか？」

やっと状況が飲み込めてきたのか、アルベルトが反論をしようとしてきた。

しかし私はあの男が何かを言う前に、すぐにこう告げてやった。

「こんな状況でまだしらを切るつもりなのですか？　私は前々から噂で聞いていたのです。アルベルト様には親密な仲の女性がいること、彼女と隠れるようにして逢瀬を重ねていることを。私は噂より婚約者候補である貴方を信じようとしていたのに……ああ、酷いわ」

そこまで言い切ると私はポロポロと涙を流した。これで第三者の目から見ると私たちはきっと不貞を働いた男と被害者である可哀想な少女に見えているだろう。

メアリーは放っておいても誓約があるため私と入れ替わっていましたとは言えない。それにたかが侍女である彼女の言葉など、誰も重きを置かないはずだ。

そしてアルベルト。彼は曲がりなりにもお父様が私の婚約者候補に据えるような、明らかな欠点などないある程度頭の回る男のはずだ。

なら、状況が不透明な状態で王族相手にあれこれと不確かな反論はしてこないと踏んでいた。

私が読んでいた通り、アルベルトは深く考え込むような顔はしていたが、二人とも私に言われるがままで何も反論らしいことはしてこなかった。私は悲しむ演技を続けながらも、シシーに目配せをし、衛兵を連れてくるよう指示を出そうとした。

しかし私が指示を出す前に、セドリック様がこう私に声をかけてくださった。

「レオノーラ殿下、彼らの状況は限りなく黒ですが、改めて詳細を聞く必要があるでしょう。しかしそんなこと、貴女が直接耳にされる必要はありません」

彼は私をかばう様に立ちながら、こう言ってくれた。

「侍女はここへの不法侵入などの名目で、一旦牢《ろう》にでも入れるのがいいでしょう。彼は……今回のことが公になれば殿下の評判にも繋《つな》がります。事情は伏せ、まずはどこかの客間で身を預からせるのがいいかと思います。それでよろしいですか、殿下？」

彼らを一旦拘束することは私も考えていたことだった。そのため私はセドリック様の言葉に頷《うなず》き、「それでお願いします」と小さな声で答えた。

アルベルトとメアリーが連れていかれるのを見送った後も、私は時おり涙を流す演技を続けていた。

ハンカチを差し出してくださったセドリック様に、私は濡《ぬ》れた目で上目遣いで見つめながらこうお願いをした。

「父にもこのことを伝えなければなりませんが、私だけでは説得力に欠くかもしれません。第三者であるセドリック様からも伝えていただきたいのですが、お願いをしてもいいでしょうか？」

「もちろんです。こんなに傷付いた貴女を一人にはできません。私にも同行をさせてください」

セドリック様は私の手を握りながら、そう強くおっしゃってくれた。私は胸が高鳴るのを感じながら、彼にお礼を告げた。


セドリック様を伴って、私はお父様の元を訪れた。前触れは出していなかったのでかなり渋られたが、火急の用件だと侍従に強く伝え、お父様が出られていた会議の終わりに部屋に飛び込んだ。

そこには数人の大臣たちとお父様がいた。この話を聞くのがお父様だけなら揉《も》み消《け》されるかもしれないと思っていたので、他人の目があることは私にとっては好都合だった。

明らかに涙の跡がある私とセドリック様が共に部屋に入ってきたからか、部屋は俄にざわついた。その混乱に乗じて、私はお父様に何かを言われる前にこう切り出した。

「お父様、今日、私はアルベルト様が私の侍女と密室で親密にしているのを目撃いたしました。セドリック皇子もその場にいてくださいました」

「はい、確かに私もレオノーラ殿下と一緒にこの目で確認をしました」

「アルベルト様とのことは、お父様が国を思って結んでくださったご縁だとは理解しております。ですが、私は彼を婚約者候補から外していただきたいと考えております。私も王女です。愛だけで結婚できるとは思っておりません。しかし婚前からこんな不貞をされる結婚は一人の女として、とても辛いです」

涙で瞳を潤ませながら、私はそこまで一気に伝えた。私の涙ながらの訴えに、周囲の貴族たちがざわついているのを感じていた。

この場の空気が私の味方になるのを感じながら、私は更に言葉を続けた。

「お父様はこの国の国防のために今回のアルベルト様とのご縁を結ぼうとされているとうかがっておりました。しかし国防のためであれば、私にはもうひとつ国のためにできることがあると思っております」

そこで私は小さく息を整え、隣に立ってくれているセドリック様のお顔を見上げた。私が思いの丈を込めて見つめると、彼も目を細め、熱い視線を私に返してくれた。

やっぱり私たちは運命の相手同士に違いない。そう確信を持って私はお父様にこう伝えた。

「セドリック皇子の元へと嫁ぎ、このグランベルク王国とラッセン帝国との友好の架け橋となることです。帝国との関係がより良《よ》いものとなれば、国境線も安定したものとなるでしょう」

ここまでの言葉は建前のようなものだった。私は一度気持ちを落ち着かせてから、続く言葉を口にした。

「それに私は……私レオノーラはセドリック皇子のことをお慕いしております。ただ一人の、恋に落ちたお父様の娘としてもお願いをいたします。どうか私の婚約者としてセドリック皇子を認めていただけないでしょうか?」

セドリック様にはこれまで態度で、それとなく言葉で好意を示し続けてきたけれど、はっきりとした言葉でお慕いしていると伝えるのはこれが初めてだった。

緊張と羞恥で顔が熱くなるのを感じていた。

私と彼は運命なんだって信じていたけど、いざとなると何だか恐《こわ》くて彼の顔を見られずにいた。

そんな私の手をぎゅっと握り、セドリック様はお父様にこう言ってくれた。

「ラッセン帝国の皇子として、レオノーラ殿下との結婚のお話は両国に益をもたらすありがたいものだと考えております。そして、私個人としても才能と優しさに溢れたレオノーラ殿下を人生の伴侶とできるなら、これほどの喜びはありません」

セドリック様はお父様にそう言い切ると、私に向き合いこう言ってくださった。

「レオノーラ殿下、このような形で伝えることになってしまいましたが、私はこの国で貴女に出会い、その素晴らしい人柄、愛らしい笑顔に惹《ひ》かれておりました」

真摯な表情のまま彼は言葉を続けた。

「今日のような辛い日は貴女を支え、幸せな日には笑顔を貴女と共に分かち合いたい。私も貴女を想っています」

セドリック様が私にくださった言葉に、堪えきれず涙が次々と溢れだした。幸せで、幸せで、どうにかなってしまいそうだった。涙で視界がぼやけ、目の前に立つセドリック様の表情さえうまく見えなかった。

けれど、周囲から沸き起こった大きな拍手から、私たちの仲が皆から祝福されているということを私は確かに感じていた。

5　王女の幸せな結婚

あの後、お父様からセドリック様やアルベルトと話をする必要があると言われ、その場は一旦解散となった。お父様はセドリック様との結婚のことを認めるともおっしゃらなかったが、今までのようにすぐに否定もされなかった。

婚約者候補に不貞をされていた私を支え続けてくれた優しい王子様、そんな彼をあの場にいた大臣たちは好意的に捉えてくれていた。お父様個人のお考えも大事だけれども、周囲の臣下たちの声をお父様は決して軽視されない。

流れは私たちを応援する方向に動いていると私は感じていた。

「こうして想いが通じあったのです。国王陛下のことは私が必ず説得してみせます。愛しい人、次は貴女の婚約者として側に立てるようにしてみせます」

そして何よりセドリック様はあの後私を見つめながらこうおっしゃってくれていた。彼は帝国でも後継者候補の筆頭に名が上がるほど優秀な人だ。きっとお父様を説得してくださると信じて、私はその日は眠りについた。


翌日、いつもより幸せな気持ちで目覚め、朝の身支度をしていた。どうやらアルベルトの不貞のことは知れ渡っているようで、侍女たちから心配の声をたくさんかけられた。

「レオノーラ殿下、お辛い心中お察しいたします」

「殿下を差し置いてその辺の娘と遊ぶだなんて、見る目がないにも程がありますわ」

「けれども彼が婚約者候補でなくなったおかげで、殿下はセドリック皇子と結ばれそうなんですよね？」

「まぁ素敵。やっとお二人が結ばれるのですね。セドリック皇子こそレオノーラ殿下に相応《ふさわ》しいお方ですわ」

「美男美女のお二人ですもの。並び立つだけでもう皆の憧れの的になりますわ」

侍女たちのおしゃべりを悪くない気分で聞いていると、話が落ち着いたところで別の侍女が今日の予定を伝えに来た。

興味のない会議、面倒くさい謁見、今日の予定も全てメアリーにさせようと思ったときに、私は昨日あの子を牢に入れたことを初めて思い出した。

代役をさせられそうか確認するため、私はシシーを側に招き、小声で彼女にメアリーたちのことを聞いた。

「メアリーは現在、地下牢にて拘束中です。陛下も関与していることですので、余程の理由がないと連れ出すのは難しいと思われます。ララは牢にはおりませんが、懲罰としてしばらく監視付きで洗濯メイドの仕事に就いております。彼女をこちらに呼ぶのも難しいかと思われます」

折角セドリック様との将来が決まろうかという日に、つまらない公務などしたくはなかった。そのため私はシシーを下がらせ、別の侍女を呼んでこう伝えた。

「昨日は色んなことがありすぎて、気持ちの整理がまだついていないの。今日の公務は延期してほしいとギルバードに伝えてきて」

ぐちぐちとお小言の煩いギルバードのことだから、こんな伝言を聞くときっと直接説教を言いに来るだろうと思っていた。

けれど予想に反して彼は「かしこまりました。こちらで調整致します」という返事だけを寄越してきた。

面倒な公務から解放された私は、その日は最新のドレスのカタログを眺めたり、肌の手入れをしたりして一日を過ごしていた。

夕方に差し掛かる頃、お父様からの使いがやって来てお父様の執務室に来るように伝えてきた。

セドリック様のことはもちろん信じているけれど、不安と緊張を隠しきれないまま私はお父様の元を訪れた。

執務室にはお父様とセドリック様がいた。二人が座るソファセットに腰を下ろすと、やや疲れたような顔をしたお父様が私にこうおっしゃった。

「レオノーラ、アルベルトの件は確認が取れた。お前の希望通り、セドリック皇子との結婚を認めよう」

お父様は少し渋い顔をされていたけれども、私とセドリック様の結婚を認めてくださった。

「陛下、ありがとうございます。両国の友好のために尽くすことをお約束いたします」

私は両目に涙をためたまま、お父様にそう感謝を告げた。幸せに頬を染めた私にお父様はさらにこう言葉を続けた。

「お前も知っているだろうがセドリック皇子は近々帰国することになっている。彼はそのときにお前も共に連れていきたいと言っている」

「私をですか？」

「そうだ。本来なら王族の輿入《こしい》れは、色々な準備をして行わなければならない。しかし今回はその時間がないため輿入れは簡素なものになるかもしれない。それでもお前は彼に付いていきたいか？」

続いたお父様の言葉に少し驚いていると、お父様の隣にいたセドリック様がこうおっしゃった。

「君に十分な準備をさせてあげられないのは申し訳ないが、私だけが帰国し、君と離ればなれになりたくないんだ。私のわがままだが、どうか一緒に来てもらえないだろうか？」

「セドリック様……」

「もちろん君が我が国へたとえ身一つでやってきても、何ら不自由のない生活ができるようにすることは約束するよ。君はただ私の側にいてくれるだけでいいんだ」

眩《まぶ》しいほどの笑顔でセドリック様にそう乞われ、断れるはずなどなかった。何より彼と離れたくないのは私も同じ気持ちだった。

「貴方のお側にいたい気持ちは私も同じです。どうぞラッセン帝国へ一緒に連れていってくださいませ」

私は満面の笑みでセドリック様にそう返事をした。

そこからは輿入れの準備に追われることとなった。ドレス、宝飾品、私が愛用する日用品、持っていくものの用意の他、民衆へこの結婚を知らせるパレードの準備も並行して行った。セドリック様は帰国日を少しずらしてくださったが、それでも毎日バタバタと色んな準備をした。

忙しい毎日だったけれど、セドリック様との幸せな結婚のためであれば辛いことなど何もなかった。私は幸せに満たされながら毎日を過ごしていた。


そうしてセドリック様との結婚が決まって二週間後、異例の早さで私の帝国への輿入れのパレードは実施された。最低限の人員、荷物だけを用意し、残りは追って送られることとなっていたが、パレードは十分華やかなものとなった。

この日のために王都中の優秀なお針子を急ぎ集めて作らせたドレスは純白に輝き、たっぷりとあしらわれた繊細なレースは私の細さや色白さを際立たせ、またちりばめられた宝石たちはその輝きで私の美しさに華を添えた。

豪華な馬車で隣に座るセドリック様を見ると、彼も帝国式の一番格式の高い正装をしていた。金糸に縁取られた黒い滑らかな生地の詰め襟は彼の美しさをより際立たせていた。

そんな彼に優しく微笑みかけられ、私が頬を染めながらそれに応えると、沿道に集まった民衆たちからはワッとさらなる歓声が起こった。

民衆からのたくさんの祝福を受け取りながら、私たちはラッセン帝国への道のりを進んでいった。宿泊のために立ち寄る街々で、通りすぎる往来で、民衆たちは私たちを盛大に祝福してくれた。

さらにあれだけ忙しい中でも事前に準備してくれていたのか、セドリック様は宿泊する街毎《ごと》で私に素敵な贈り物をくださった。抱えきれないほどの花束、シルクのストール、宝石が美しいブレスレット、どれも素晴らしいものばかりで私は彼の愛をより一層深く感じていた。

幸せな旅路を終え、たどり着いたラッセン帝国で私たちを待っていたのは、母国の見送りにひけをとらない程の民衆による大歓迎だった。

私のことなど今まで見たこともなかったであろうに、帝国の民衆はたくさんの笑顔と祝福の言葉で私を出迎えてくれた。私は感動の涙を目に浮かべたまま、沿道に立つ彼らに手を振り返した。

セドリック様のご両親、現皇帝のお義父様《とうさま》とその妃《きさき》であるお義母様《かあさま》がいらっしゃる王宮に着いてからも、私はこの国に着いたときと同じように歓迎されることとなった。

両陛下は突然の結婚にもかかわらず、私を温かなお言葉で出迎えてくれた。お義母様に至っては「ずっとフラフラしていた息子が落ち着いてくれてホッとしているのよ。可愛《かわい》い娘ができて嬉しいわ」と声をかけてくださった。

王宮内に用意されていた私の部屋はセドリック様のお部屋と寝室で繋がる正妻の部屋で、内装は全て私の好みになっていた。

身一つで来てくれて構わないと言ってくれた言葉の通り、セドリック様は私にたくさんの侍女を付けてくれ、ドレスも靴も装飾品もクローゼットから溢れんばかりに準備をしてくれていた。

「君の趣味に合っているといいのだけれど。もし気に入らないものや足りないものがあれば何でも言ってくれ。すぐに用意をさせるよ」

こんなにたくさん用意してくれたにもかかわらず、セドリック様は更にそう言ってくださった。私を愛してくれる上、こんなにも大事にしてくれる彼と結婚できることが嬉しくて仕方がなかった。

それから一ヵ月後、落ち着いた頃を見計らって私たちは帝国の大聖堂で正式に婚約を交わした。そしてそれと同時にセドリック様の立太子の儀も行われた。私という後ろ楯を得て、彼は後継者争いに勝利したのだ。

結婚式自体は一年後の予定であったが、実質私は皇太子妃として扱われるようになった。

私を目一杯愛してくれる美しい婚約者、約束された皇后の地位、夢見ていた未来がそこにあることに私はこれ以上ない幸福を感じていた。

6　使い捨てられた影武者

思考に霞《かすみ》がかかったかのような、ぼんやりとした状態で私――メアリーは目覚めた。最初に視界に映ったのは見慣れない整った部屋の景色だった。自室でもない、いつもレオノーラ殿下の恰好《かっこう》で身を潜める部屋でもない場所を、私はただ薄く開いた瞳に映していた。

目覚めてしばらくは、自分が今まで寝てしまっていたことすら把握できなかったほど、何故《なぜ》か考えがふわふわとまとまらなかった。

ゆっくりと視線を下げると設《しつら》えのいいソファと自分の足が見えた。どうやらどこか客間のような部屋の一人掛のソファで、いつの間にか居眠りをしてしまったようで、首に少し痛みを感じた。

目覚めてからもほぼ閉じていた重い目蓋を押し上げ、ぼんやりとしていたとき、目の前にさらりと美しいプラチナブロンドが落ちてくるのが見えた。それはもはや見慣れたものであった。

プラチナの髪……。レオノーラ殿下の髪……！

それを認識した瞬間、バチンとスイッチが入ったかのように一気にここに来るまでのことを思い出した。

そうだ、私は普段はあまり使われない離宮でアルベルト様にお会いして、出されたお茶を飲んだのだった。

それからの記憶は少し曖昧だが、恐らくだが私は意識を失った。あんなに急に意識をなくすなんて、強い眠り薬か何かが紅茶に入れられていたのだろう。

なぜ城内の者がレオノーラ殿下に薬を盛ったのか。その理由は私には皆目見当がつかなかった。けれど、目さえ覚めてしまえば特に体に異変は感じられなかったため、命に関わるような毒ではなかったようだ。

現状を確かめるため自分の体を確認すると、ここに来たときに身に着けていた物とは違う、殿下のものではない質素なドレスを私は身に着けていた。そしてきちんと結い上げていたはずの髪も、髪飾りはなくなり、乱雑に崩れていた。

そこまで確かめてから、私は改めて室内を見渡した。お茶がセットされていたテーブルはきれいに片付けられていた。

そして隣にあった三人掛の大きなソファにはシャツ姿のアルベルト様が寝かされていた。

同じポットから注がれたお茶を飲んだのだから、恐らく彼も眠らされてしまったのだろう。彼を起こすためその肩に手を掛けようとしたときに、私は重大なことを思い出した。

「……どれだけ寝てしまっていたか時間を確かめなきゃ」

ここに来る時点でもギフトが切れるまでのリミットは迫っていた。もし四時間近く眠ってしまっていたら、ギフトはもうほとんど持たないはずだった。

時計を探すと、壁に掛けられていた時計は十三時四十五分を指していた。長く眠っていたようで、ギフトはあと十五分ほどしか持たなかった。

焦りながらも私は、何としてでもギフトが切れる前にレオノーラ殿下の元か、それが無理ならせめて人のいないところまで移動しなければならないと考えていた。

私がレオノーラ殿下の身代わりとなれることは誰にも知られてはならないことだ。

現状については分からないことだらけではあったが、優先すべきは私が影武者であることを隠すことだった。そのため、私はまずはこの部屋から出ることとした。

寝かされているアルベルト様の状態をちらりと確認すると、いつもの厳しい表情に見せている釣り目が閉じられ、彼は普段よりやや幼く見える顔を見せていた。顔色は悪くなく、胸は穏やかに上下していて、体調に問題はなさそうに見えた。

これなら彼をこの部屋に置いたままにしても大丈夫だろうと思った私は、静かにドアまで移動し、ドアノブに手を掛けた。

ガキリ。

しかし何かがつっかえているような金属音がしただけで、ドアノブが回ることはなかった。慌てて鍵を確認したが、こちらもピクリとも動かなかった。

他にこの部屋から出られる場所がないか探すため振り返り部屋を見渡すと、大きな窓はあったが一枚の大きなガラスが使われており、鍵はなく開けられるものではなさそうだった。入り口以外にドアは見当たらなかった。

閉じ込められた。

故意か事故かは分からないけれど、この部屋から出ることはできなさそうだった。どうしようかと焦る間にも、時間は刻々と過ぎていった。

気づけばギフトが切れるまでの時間はあと十分もなくなっていた。起きてすぐは気にならなかった時計の秒針が時間を刻む音が、妙に大きく聞こえてきた。

落ち着かなければと思うほど、開かないドアノブを摑む手に力がこもり、思考が焦りでまとまらなくなった。

自分を落ち着かせるためにも一度深呼吸をして、こうなったらせめてギフトが解ける瞬間だけは見られないようにしないと、と思考を切り替えることにした。

アルベルト様は今は寝ていらっしゃるが、念のために身を隠す場所を探そう。そう思い私が動き出したそのときだった。

「……ここは？　私は眠ってしまったのか？」

聞こえてきた声に思わず振り返ると、身を起こしてはいるが未だぼんやりとしているアルベルト様と目があってしまった。

絶望的な状況に心の中で悲鳴をあげた。

どうしよう。せめて彼が寝ていてくれたらその間に身を隠せたのに。どうしたら、どうすれば、懸命に考えようとしたが、頭には何も浮かんでこなかった。

泣きそうな気持ちで立っていると、アルベルト様がソファを降り、私の近くまでやってきた。

「体に異変はありませんか？　痛みや痺《しび》れはありませんか？　詳細は分かりませんが、どうやら私たちは何者かに一服盛られてしまったようです」

心配そうにアルベルト様が私を見つめていた。いつもならその瞳に見つめられると心がそわりと浮き立った。

けれど今だけは、その目をふさいでしまいたかった。

このままでは私が偽者であることがバレてしまう。

私がレオノーラ殿下の影武者であることももちろん知られてはいけない。

けれど、けれどもそれ以上にアルベルト様を騙し続けていたことを知られるのが怖かった。

優しく微笑みかけてくれたのに、どんな小さなことも覚えてくれていたのに、色んなことを話し合ってくれたのに。私がそれらを踏みにじっていたことが彼に知られてしまう。

気がつけば涙が一筋、瞳から流れ落ちていた。

怖い。貴方に事実を知られたくない。

彼をずっと欺いていたのは自分のくせに、そんなことばかりが頭の中を占めていた。

何も言わず涙を流す私をアルベルト様が見つめていた。どれぐらい見つめあっていたかは分からない。

けれども私の瞳から新たな涙がこぼれ落ちたとき、体の中である感覚がじわりと広がっていった。

それはギフトが切れる感覚だった。

悪あがきのように顔を伏せると、髪が毛先からじわじわと本来の色に戻っていくのが見えた。ラのギフトも同時に切れるので、顔もきっと元に戻っているはずだった。

目の前のアルベルト様は私の明らかな変化が見えているはずなのに、何もおっしゃらなかった。

決定的な瞬間をアルベルト様に見られ、もうどうしようもないくせに、恐くて彼の顔を見ることができなかった。

お互いに黙ったまま、私とアルベルト様はしばらく向き合った。彼の視線が私に注がれていることを感じていたが、私は顔を上げることができずにいた。

重い沈黙を破ったのはアルベルト様だった。彼は私の頰に添えるように手をかけ、そっと私の顔を上げさせた。先ほどまで見つめあっていた彼の橙色のまっすぐな瞳が、本当の私を見つめてい

た。

レオノーラ殿下という美しい装飾を失った、ただの娘である私を。

「それが貴女の……」

アルベルト様がそこまでおっしゃった瞬間、ドアの向こうからざわざわと人の声らしきものが聞こえてきた。ガタンと、大きな物音も聞こえてきた。アルベルト様は私の腕を取り、ドアから私の体を離した。

私を庇《かば》うように立ってくれたアルベルト様の背中を驚きながら見つめていると、さっきまではびくりともしなかったドアが静かに開いた。


開いたドアの前に立っていたのはレオノーラ殿下とセドリック皇子だった。なぜ殿下がここに、と驚いていると、殿下は私たちに向かってこうおっしゃった。

「アルベルト様、信じていたのに……。やはり私の侍女とそういう親接な仲になられていたのですね！」

初めは言われた意味が分からなかった。私はただレオノーラ殿下の命令にそってアルベルト様とお会いしていたのだ。

それなのに、親密な仲とは殿下が何をおっしゃりたいのか分からなかった。

「レオノーラ殿下？　これは一体どういうことでしょうか？」

状況が把握できないのはアルベルト様も同じのようで、彼はレオノーラ殿下にそう尋ねた。すると、殿下から返ってきたのは驚くような返答だった。

「こんな状況でまだしらを切るつもりなのですか？　私は前々から噂で聞いていたのです。アルベルト様には親密な仲の女性がいること、彼女と隠れるようにして逢瀬を重ねていることを。私は噂より婚約者候補である貴方を信じようとしていたのに……ああ、酷いわ」

涙を流しながらそうおっしゃる殿下の言葉を聞いて、私はやっと今の状況を理解した。

レオノーラ殿下はセドリック皇子との結婚を望んでいたが、明らかな瑕疵がなければアルベルト様を婚約者候補から外すことができなかった。

しかしアルベルト様にはそのような欠点は見当たらなかった。だから、殿下はアルベルト様の瑕疵を私を使って作ることにしたのだ。

私を殿下としてアルベルト様の元に行かせ、ギフトが解けるまで彼の側にいさせた。そしてその後にこうして私たちがいるところを押さえ、彼に不貞という冤罪《えんざい》を被せようとしたのだ。

そう考えると、この人気のない離宮に私たちが別々の理由で呼び出されたことも、眠り薬を盛られたことも、先ほどまでドアが開かなかったことも全て理解ができた。

これはレオノーラ殿下の周到な罠だったのだ。

何か反論をしなければと思ったが、私が殿下の影武者であることは誓約上言うことはできなかった。そのため、私がここにアルベルト様と二人でいた理由を説明することができなかった。

アルベルト様も難しい顔をされていた。けれど、この状況を説明できないためかレオノーラ殿下に言われるがままであった。

結局私たちはその後、反論らしいことは何もできぬままそれぞれ身柄を拘束されることとなった。

私が連れていかれたのは暗い地下牢であった。

ここまで私を連れてきた衛兵はお前の処遇が決まるまで大人しくしておくようにとだけ告げ、去っていってしまった。尋問も何もなかった。どうやら侍女にすぎない私の声など、彼らは聞くつもりがないようであった。

暗く静かな牢の中で、考えるのはアルベルト様のことばかりであった。私がレオノーラ殿下のお考えに気づけなかったばかりに、彼にとんでもない冤罪がかけられてしまった。

王族であるレオノーラ殿下を裏切る不貞、それはこの縁談を整えた陛下の意思にも背くことだ。彼の家は国防の要職を担っているが、何かしらの処分は避けられないだろう。

私のせいで、私のせいで。今さら後悔しても何にもならないのは分かっていたが、次々と流れてくる涙を止めることはできなかった。

暗い牢の中に私のすすり泣く声だけが静かに響いていた。

第三章　メアリーの心と決断

1　新たな選択肢

牢《ろう》での生活は非常に単調なものであった。

早朝に看守に起こされ、三度の食事が提供され、日が落ちるとただでさえ少ない光源が落とされる。

五日目まではここに来てからの日数を数えていたが、変化のない生活に途中からは数えるのは止めてしまった。意味がないと気づいたからだ。

何もすることがなく、思考を奪うような日々だった。このまま死ぬのだろうかという考えがよぎる頻度が上がり始めていたある日、私の元へ初めての面会者が現れた。

それは何故《なぜ》か少しくたびれたメイドの服を着たララだった。

「ああ、メアリー！　よかった。あなたが無事で。本当によかった」

ガシャンと音を立てて、ララは牢の格子にぶつからんばかりの勢いで私の近くにやってきてそう言った。近くで面会を監視していた看守がララが格子を摑《つか》んだ瞬間に動くような素振りを見せたが、ただ私を見つめ大粒の涙を流すララの姿を見て、彼は静観する姿勢に戻った。

鉄のざらついた錆《さび》が手に付くのもいとわず、ララは格子をぎゅっと握っていた。込められた力に、どれだけ彼女が私を心配してくれていたのかを見たような気がした。

「よかった」とただ繰り返す彼女に、ここの生活で死にそうになっていた心のどこかが、ふわりと救われたような気持ちになった。

「メアリー、身体《からだ》は大丈夫なの？　酷《ひど》い目にあったりしていない？」

「心配してくれてありがとう、ララ。見ての通り私は元気よ。ここに閉じ込められているけど、それ以外は何も起こってないわ」

「そう、ならよかったわ」

「ララこそ、その格好はどうしたの？　いつもの侍女服はどうしたの？」

私がそう尋ねると、ララは看守をちらりと見やり、言葉を選びながらこう返事をした。

「これはね、あー、ちょっとした懲罰なのよ」

「懲罰？」

「そう。私、ちょっとある建物に勝手に入っちゃって。不法侵入ってやつなのかな。それでここ二週間ほど洗濯メイドの仕事をしてるの。昨日までは自由時間も持たせてもらえなくて、今日やっとここに来る時間が取れたの。あなたの顔が見れて本当によかったわ」

ララは言葉を濁そうとしていたが、私は彼女が懲罰に至った理由に気づいてしまった。二週間ほど前、それは恐らくだけど私がこの牢に入れられた日だった。

「ララ、あなたにまで私、迷惑を……」

謝罪の言葉を言おうとしたが、それはララの言葉によって遮られてしまった。

「私の行動は私が決めて、私が行ったのよ。それはメアリーの問題じゃないし、私は後悔はしてないわ」

そこまで言うと、ララは表情を少しおどけたものに変えてこう続けた。

「それに洗濯メイドの仕事は中々楽しいのよ。面倒くさいマナーを口煩《くちうるさ》く言われないし、同僚の子は気のいい子ばっかりだしね。久々に全身を動かす仕事を実は楽しんでるの。私を見張ってるメイド長には内緒だけどね」

ララは笑顔でそう言い、私に謝罪をさせる気はなさそうだった。

謝罪はできなくとも、あの日色んなリスクを承知の上で私を探し回ってくれたであろう彼女に感謝だけは伝えたかった。

会話としては噛《か》み合《あ》わないものだった。けれど、「ありがとう、ララ」と私は彼女に伝えた。

ここは看守の目があるので、いくららララとの会話でもレオノーラ殿下との入れ替わりのことは言えなかった。そのため雑談を装いながら、ララは私にこう伝えてくれた。

「メアリーも早くここから出られるといいわね。今、城内はレオノーラ殿下の輿入《こしい》れのお祝い一色よ！　殿下はお慕いされていたセドリック皇子と結ばれることになったのよ」

「殿下の噂《うわさ》は聞いていたけど、お二人はご結婚されることになったのね」

「そうなの。私も一度だけ遠目でだけど並び立つ二人を見たわ。お二人ともとても幸せそうだったわよ。レオノーラ殿下は二日後には帰国されるセドリック皇子と一緒に帝国に渡られるのですって」

ある程度予想はしていたけど、やはりレオノーラ殿下はあの偽りの不貞でアルベルト様を婚約者候補から外し、セドリック皇子と結婚することになったようだった。

この事実を聞いて、私はここにいる間ずっと気になっていたことを、恐る恐るララに聞いた。

「それはとてもおめでたいことね。私も許されるなら殿下の輿入れのお姿を拝見したいわ。ところで、ねぇララ、殿下には確か国内の貴族の婚約者候補の方がいたのではなかったかしら？」

彼がどうしているかだけが、ここでの私の思考を支えていた事案だった。祈るような気持ちで、ララからの返答を待った。

「そう、いらっしゃったわよ。でも、噂では彼は想《おも》い合《あ》う二人のために自ら身を引いたらしいわよ」

「そう、そうなのね」

ララの言葉から、表立ってアルベルト様に不名誉な噂が立っていないことは知れた。実際の処遇はまだ分からなかったけど、それだけでも私は少し安堵《あんど》した。

そこからは面会時間いっぱいまでララとおしゃべりをした。

「差し入れも持って来れるみたいだから明日はクッキーでも持ってくるわね！」

そう言って、笑顔で去っていった彼女を見送った。

その日もこれまでと同じく日が落ちるとすぐ牢の中は真っ暗になった。昨日と同じ景色のはずだけど、その日の私の目にはその暗闇が違っているように映って見えていた。

昨日までのようにその光景に心がずしりと暗くならなかったのだ。

それは多分、今日ララと会えたからだと私は思った。自分では気付いていなかったけど、心は確実にここでの孤独な生活に疲弊していたようだった。私は改めて長年の友人に心の中で感謝をした。

その翌日、宣言通りララは休み時間にクッキーを持って面会に来てくれた。最近の賄いのメニューのこと、同僚の女の子たちのこと、ララは明るい話題を次々語ってくれた。

そして最後に、その日はこう言い残して仕事に戻っていった。

「明日はレオノーラ殿下の輿入れで忙しそうなの。急な話だからどこも人手が足りてないの。多分明日は来れないと思うわ。けど、明後日《あさって》は輿入れのお祝いで出るちょっといいお菓子を持ってくるわ！　楽しみにしていてね！」

その殿下の輿入れの日、城内は私が起こされる早朝の時間からざわざわと騒がしかった。地下にあるこの牢までも賑《にぎ》やかな声が届いていた。歓声は昼頃にピークに達した。きっと今、レオノーラ殿下の輿入れのパレードが出発したのだろう。

長らく仕えた主人の門出《かどで》であるのに、あまり感情は動かなかった。気にかかるのは、アルベルト様が今どうされているかということばかりだった。

彼は今どんな立場で、何をしているのだろうか。こんな場所にいる私がそんなこと知り得るはずもないのに、心は繰り返し彼のことばかりを思い起こしていた。


レオノーラ殿下の輿入れの翌日、朝早い時間に私の元に新たな面会者が訪れてきた。その人物はギルバード様だった。

看守を伴って現れた彼は私にこう端的に伝えた。

「この度のレオノーラ殿下の慶事により、お前には陛下より恩赦が与えられることになった。しかしお前の行いは看過できないものである」

「はい」

「そのため、今日付けでお前には侍女の仕事は辞してもらう。今から私の付き添いの下《もと》、私物をまとめ、すぐにこの城から出ていくように」

ギルバード様のお言葉が終わると、すぐに看守が牢の鍵を開けて私を出してくれた。私はギルバード様に連れられ、自分の使用人部屋に久しぶりに戻った。

しばらく留守にしていた自室は、少し埃《ほこり》っぽく感じた。しかしそんなことを気にしている暇はなかったので、ギルバード様の監視の下、私は少ない私物を手早くまとめ始めた。

元よりここでの生活はレオノーラ殿下が全てであった。そのため、自分のものはほとんどなかった。少ない現金と身の回りのものだけを小さなボストンバッグに詰めるだけであったため、準備はすぐに終わってしまった。

　少なすぎる私の荷物を見てギルバード様は何かを言いたげにされていた。しかし結局彼は何もおっしゃらなかった。

　部屋を出ると、先ほどのお言葉にあったとおり私はこの城の裏門まで連れていかれた。門で放り出されると思っていたのに、ギルバード様は門を出ても無言のまま私の先を歩き続けていた。

　それを少し不思議に思いながらも、私は黙ってギルバード様に続いた。


　裏門を出てしばらく進んだところに、一台の質素な馬車が停《と》められていた。ギルバード様は「付いてきなさい」と言ってその馬車に乗り込んだ。

　私も馬車に乗ると、そこにはギルバード様以外に、優しそうな表情をした四十代ぐらいの女性もいた。彼女は誰なのだろうかと思っていると、そこまでほぼ無言であったギルバード様が頭を下げながら私に話しかけてきた。

「まずは君に謝罪をしたい。レオノーラ殿下が行ったことは大まかにではあるが把握している。本当に申し訳なかった。殿下を止めることも、殿下のしたことを覆すこともできなかったのは全て我々の責任だ」

「そんな、頭を上げてくださいギルバード様」

そう声をかけたのに、ギルバード様は姿勢を変えないままこう続けた。

「我々は普段から君が殿下の公務の肩代わりをしてくれていたことも知っていた。それでいて殿下を諫《いさ》めるよりも、君の作り出す完璧な殿下に頼るという楽な方を選んでしまっていた。その甘さが今回のことを引き起こしたのだと思う。本当に申し訳なかった」

「公務の件は、誰が悪いという話ではないと思います。私も殿下を諫めるより受け入れることを選んだのですから」

「それから殿下の行いはある程度早い段階から掴んでいたのだが、君の任務のことを知る人間が少ないため、こうして君を連れ出すのに時間がかかってしまった。それについても本当に申し訳なかった。君に大変な生活を強いてしまった」

そこまで一気に言うと、ギルバード様は更に深く頭を下げた。私は彼の言葉に対してこう答えた。

「本当に頭を上げてくださいギルバード様。私もギルバード様にレオノーラ殿下からのご命令について全て正確に報告をしていた訳ではありませんでした」

「しかし、それはできなかっただけだろう」

「そうです。私が身代わりになったことは、王族の命令によるものだったのです。臣下たる私たちにはどうしようもできなかったことなのです」

「しかし、そうだとしても君にはあまりにも多い犠牲を払わせてしまった。できればその償いをさ

せてもらいたい」

「償いだなんて、大袈裟《おおげさ》です」

「いや、させてくれ。とは言っても情けないことに私たちにできることは、君のこれからの新しい生活と孤児院への援助を保証することぐらいなのだが」

「私は孤児院への援助を約束していただけるだけで十分です」

「そうはいかない。こちらの事情もあって、先ほど告げたように君をここで雇い続けることはできなくなってしまった。それにレオノーラ殿下が嫁がれた今、君が王城に縛られる理由は何もないだろう」

「それは、そうかもしれませんが」

「君さえ良ければ私に新たな養子先と仕事を紹介させてもらいたい。名を変え、新たな立場で生活をしてみないか？　もちろん当然だが、給与の面は保証する」

「新しい職場、ですか」

「ああ、そうだ。もし今後は貴族との関わりを断ちたいと考えているなら、平民として新しい生活をするのもいいだろう。その場合はこちらで君の身元の保証をするし、しばしの生活費はこちらで援助をさせてもらうつもりだ」

　ギルバード様からのご提案は、私がこれまで考えたこともないことばかりであった。

　私はどこかで自分はレオノーラ殿下の影として働き続けるのだと思っていた。そのため返答に窮した私に、ギルバード様はこう話しかけてくれた。

「急にこんな話をされても、考える時間も要るだろう。今日はここにいるサミアと隣町まで移動して、手配している宿でゆっくり考えてみてほしい」

ギルバード様からそう紹介された馬車に先に乗っていた優しげな女性、サミアさんが私に向かって微笑《ほほえ》んでくれた。

「しばらくの間、私がメアリー様のお世話を担当させていただきます。何かございましたら遠慮なくお申し付けくださいませ」

「私はそのように畏《かしこ》まって接していただくような立場ではありません。私のことはどうぞメアリーと呼んでください。こちらこそ、お世話になります」

「分かりました。ではそうさせてもらいます、メアリーさん」

サミアさんとの挨拶が終わると、ギルバード様はこうおっしゃられた。

「すまないが私は予定があるのでそろそろ失礼する。何か他に聞いておくべきことはあるかな？」

聞きたいこと。急に降ってわいた新しい生活の話で少し混乱していたが、私の聞きたいことはずっと変わっていなかった。私はギルバード様に向き直って、こう尋ねた。

「私と一緒に拘束されたアルベルト様は今どうされていますか？　噂では彼が自ら身を引いたということになっているとは聞いたのですが、彼にどのような処分が下ったのかをお聞きしたいです」

「彼の噂のことは耳にしていたのだね」

「はい、面会に来てくれたララが教えてくれました」

「そうか、ララは君に会いに行ってくれていたんだな」

「はい。あと、そのララが今日面会に来てくれると言ってくれていたのです。急に私がいなくなると心配をかけると思うので、彼女に私のことを伝えてもらうことは可能でしょうか？」

私の質問に対して、ギルバード様はこう答えてくれた。

「まずアルベルト様のことだが、我々も事実は知っているのでもちろん彼には何も処分などは下っていない」

ギルバード様のお言葉を聞いて、私は無意識のうちにぎゅっと握りしめてしまっていた両手から力が抜けるのを感じた。

あんなにも誠実に向き合ってくれたアルベルト様にご迷惑をおかけしたことが、ずっと私の心の中に残っていた。彼に何の処分もなかったことが聞けて、私はやっと安心することができた。

「ただレオノーラ殿下とセドリック皇子の周囲の一部の人間にだけは殿下たちの『アルベルト様は不貞をした』という話に合わせるよう指示はした。そうしなければ殿下の行ったことが明るみにでてしまうからだ」

レオノーラ殿下が作り上げた冤罪《えんざい》は、私たちが一緒にいたあの瞬間だけを見た者からすると限りなく事実に見えるものであった。それに殿下のおっしゃることを簡単に否定することができないことも理解できた。

それでも、何ら悪くないアルベルト様へ対する誤解が生じたままであることに私が心を痛めていると、ギルバード様はこう続けてくれた。

「しかし、彼らにも『実際にはアルベルト様は国のために恋心を諦めようとしていた殿下のために、侍女の協力を得て不貞をした振りをしただけだ。殿下たちが心置きなく結婚できるように彼らには事実を伝えないよう協力してほしい』と言い含めてある」

「そうなのですね。よかったです」

「殿下たちにも『殿下が不貞をされたという噂が出ては折角のご成婚に水を差しかねない』と伝えて対外的には、アルベルト様が自ら身を引いたということにしていただいた。噂もそう流れるようにしたので、彼が周囲から不誠実だと見られることはないだろう」

「だからララもそういう噂を耳にしたのですね」

　噂を聞くだけでは残っていた不安が、事実を知るギルバード様のお言葉を聞けたことでやっと胸の中から消えていった。

　深く息を吐いた私に、ギルバード様はもう一つの質問のことも答えてくれた。

「あともう一つのララの件だが、もちろんそちらも問題ない。彼女には私から君のことを伝えておこう」

「お聞かせいただいてありがとうございます。ララの件も、すみませんがよろしくお願いいたします」

それからお城に戻るギルバード様を見送り、私とサミアさんは隣町へと移動をした。ギルバード様が手配してくれた宿は貴族が泊まるような立派なお宿だった。

しきりに恐縮する私に、サミアさんは「メアリーさんは書類上はまだ貴族のお嬢様なのですから当然です」と言ってくれた。

まだ日の高い時間ではあったが、宿にはいるとまずサミアさんは私をお風呂に案内してくれた。牢では身体を拭く水も満足にもらえていなかったため、生き返るような心地になった。

お風呂の後は部屋に昼食が用意されていた。久々の温かな食事は身体に染み入るように美味《おい》しかった。

そこからは今後のことを考えるため、しばらく部屋に一人にしてもらった。初めてギフトが発動してからのこと、お城での生活のこと、レオノーラ殿下のこと、ララのこと、アルベルト様のこと、そしてこれからの私のこと。

考えるべきことはたくさんあったはずなのだが、地下牢という緊張から解き放たれ、心身ともに満たされたためか、お昼過ぎにもかかわらずどっと眠気が押し寄せてきた。

寝ている場合ではないのだけど。そう思っていた思考ごと、私は泥のように眠りへと落ちていった。

2　メアリーとしての自分の心

目が覚めると手のひらに柔らかな生地が触れた。

生地？　この牢にそんなものあったかしらと思いながらも目を開くと、設《しつら》えの良《い》い部屋が目に入ってきた。

そこで私は初めて自分が地下牢から出て、サミアさんとここに来たことを思い出した。見渡すと部屋には眩《まぶ》しい西陽《にしび》が差し込んでいた。どうやら長い時間眠ってしまっていたようだった。

久々にぐっすり寝たことで、少し身体が軽くなったように感じた。それは頭も同じようで、眠る前よりは思考がクリアになっていた。

私のこれからの生活。改めて考えようとしたけれど、考えようとすればするほど、自分が何をしたいと思っているかが分からなくなっていった。

今まではずっと命じられるままに動いていた。行動の指針は『理想的なレオノーラ殿下』であり、それに則って行動すればよかった。

でも今の私はただのメアリーだ。メアリーとして何がしたいか、しばらく考えてみたが何も浮かんでは来なかった。

しかし時間は有限である。いつまでも悩む訳にはいかないため、夕食のときに私は正直にサミアさんに相談をすることにした。

「サミアさん、お恥ずかしい話なのですが、私、自分のしたいことが今のところ全く浮かばないのです。これからもしっかりと考えたいと思いますが、ギルバード様へのお返事はいつまでにすればいいのでしょうか？」

「ギルバード様よりこの宿は一週間は取ってあることは聞いております。ただ、メアリーさんのお返事の期限は聞いておりません。重要なことですので、時間は気にしなくてもいいということなのだと思いますよ」

「けど、お宿のお代も安くはないでしょう。なるべくここにいる間に結論を出したいと思います」

「自分と向き合うには案外時間がかかるものなのです。あまり時間は気にせず、じっくり考えることが大切だと思いますよ」

「分かりました」

「それにやりたいことがないなら、まずはやりたくないことを取り除くのも手ですよ。そうすれば少しは選択肢も狭まるかもしれません」

「サミアさん、ありがとうございます。そうですね、色々と考えてみたいと思います」

「健全な思考には睡眠も大切ですよ。夜は切り替えてしっかり寝てくださいね」

「はい、そうするようにします」

したいこと、したくないこと。どちらにしても自分と深く向き合う必要があることは分かった。

つらつらと色んなことを考えてしまいそうになったが、私はサミアさんのアドバイスに従い、夜が更ける頃にはベッドに入った。

□

そこから数日、私は自分と向き合い続けた。ギルバード様が紹介してくださる仕事をするか、平民として働くか。どの仕事が楽しかったか、どの仕事が辛《つら》かったか。私の好きなもの、苦手なもの。心動かされるもの、気にならないこと。

色々と切り口を考えてはみたが、どれも決断に至るようなものにはならなかった。

その日も私は部屋からも出ず、結論の出ない堂々巡りのようなことをずっと考えていた。すると、何日もそうしている私を見かねたサミアさんが買い物へと誘ってくれた。

「行き詰まったときは環境を変えるのも一つの手ですよ。まずはお日様の光を浴びましょう」

サミアさんはそう言うと、私を街中へ連れ出してくれた。

宿のある街は街道の要所なのか活気のある街だった。王都からも近いため、貴族が利用するような店もちらほらあった。

当てもなく二人で歩き、ときどきサミアさんに誘われてはお店の中を覗《のぞ》いたりした。そうしてしばらく歩いていると、目の前に女性ばかりが行列をなすお店が見えた。

「あら、ずいぶん人気のあるお店ね。何のお店かしら」

「皆さんが持っている箱にパティスリーとあるので、お菓子のお店のようですね」

「まぁ、私、あのロゴ知ってるわ。あのパティスリーはここにお店があったのね。ねぇ、メアリーさん、恥ずかしながら私、ここのケーキ食べてみたかったの。少し並んでみてもいいかしら」

「もちろんです」

そうして私たちは女性ばかりの華やかな列の最後に加わった。それなりに人数がいた割に行列が進むのは早く、ほどなくして私たちは店内に案内された。店に入ると甘酸っぱいいい香りが私たちを歓迎してくれた。

店内には四組ほどの女性客がおり、みんな商品を真剣に吟味していた。そんな彼女たちの隙間から見えるショーケースを指差しながら、サミアさんは少しだけ興奮した様子でこう言った。

「あれよ、あのケーキが有名なの。メアリーさんは聞いたことあって？」

彼女の指先に誘導されるように、私は店内の一際大きなショーケースに目を向けた。

するとそこには、見覚えのあるケーキが綺麗《きれい》に並んで鎮座していた。

白と黄色のコントラストが美しいそのケーキは私の記憶に鮮明に残っていた。それはあの日、アルベルト様が持ってきてくださったレモンのタルトだった。

ケーキを前に固まった私を見て、サミアさんが心配そうに声をかけてきてくれた。

「ごめんなさい、もしかしてレモンは苦手だったかしら？」

サミアさんの声で我に返った私は、慌てて彼女に返事をした。

「いいえ、違うんです。むしろ逆です。レモン、好きなんです。あの、あまりにも綺麗なタルトだから見入ってしまいました。本当に美味しそうですね」

「そうなの、ならよかったわ。では二つ頂いて、宿でお茶を用意して食べましょうか」

そう言うとサミアさんは早速店員さんにオーダーをお願いしていた。そうして思わぬところで生菓子を買った私たちはそこで散策を終えることにし、そのまま宿へと帰った。


宿に帰ると、サミアさんが手早くお茶の準備をしてくれた。目の前に出してもらったタルトはあの日と何も変わっておらず、記憶にあるとおり黄色が色鮮やかであった。

その色を眩しく思いながら、軽やかなメレンゲとレモンのムースを口にいれた。その瞬間、柔らかな酸味と共にあの頃の記憶がぶわっと呼び起こされた。

私の些細《ささい》なことまで見てくれた優しい眼差《まなざ》し。すっと伸びた広い背中。横から見上げたときに見えていた耳。口角が少し上がるだけの控えめな笑い方。低く落ち着いた声。

頬に添えられた大きな手のひら。

私の本当の姿を真《ま》っ直《す》ぐに見ていた橙《だいだい》の瞳。

ポツリ、とカップの中の紅茶に波紋が広がったことで、私は自分が涙を流していることに初めて気が付いた。目の前のサミアさんを慌てさせてしまっていたが、それを気にする余裕はなかった。

そうだ。自分のことをずっと考えていたけど、多分初めから『それ』は心の中にあったのだ。ずっと心にあったものに、私は気が付かない振りをしていただけだったんだ。

私、アルベルト様にもう一度会いたい。

気が付いてしまうとダメだった。涙が次々と出てきた。愛されたいとは思わない。彼を騙《だま》し続けた私にそんな資格はない。

けれどもう一度だけ、一日だけでもいいから会いたかった。

会いたかった。

□

サミアさんがあんなに楽しみにしていたケーキだったのに、私は大泣きしてその場を台無しにしてしまった。しかしサミアさんは何も言わず、優しく私の背を撫《な》でてくれていた。

何とか涙が落ち着いた頃、私は小さく息を吐いてから彼女にこう謝った。

「すみません、折角の時間だったのに私、取り乱してしまって……」

「いいのよ、悲しんでる子より大事なものなんてそうそうないの。気にしないで。ケーキはまた買えるわ。それよりもメアリーさん、気持ちは少し落ち着いたかしら？」

「はい、ありがとうございます。もう大丈夫です」

その後、サミアさんがかなり心配をしてくれていたが、私は部屋で一人にしてもらった。この気づいた自分の気持ちを元に、これからのことを考えたかったからだ。

私はその日一日を使って、この先の自分の身の振りについて真剣に考えた。


次の日、朝食を終えて少し落ち着いた時間に私はサミアさんに声をかけた。

「私のこれからのことですが、結論が出ました。私、ギルバード様に新しい養子先とお仕事を紹介していただこうと思います。私、どうしてももう一度会いたい人がいるんです。その方に会うために貴族籍は持ったまま、働きたいと思います」

はっきりとそう告げた私の顔を見ながら、サミアさんはこう返してくれた。

「メアリーさん、あなたの結論しかと承りました。ギルバード様には今日中にはこのことをお知らせします。この先の具体的な話はギルバード様からのお返事をいただいてからになります。もうしばらくここに滞在することになるでしょう」

「分かりました。よろしくお願いします」

私の結論は単純なものだった。アルベルト様にお会いするには平民になるより貴族のままでいる方がずっとその可能性が高くなる。それだけだった。

辺境伯家の嫡男である彼に、貴族というだけで会えるのかは分からない。それでも可能性の高い方に賭けたいと思った。

結論を伝えた当日の夕方遅くにギルバード様からお返事があり、彼が次に時間を取れる二日後にこの宿で詳しい話を聞くことになった。

そのためその翌日は、私はこれからの身の振りのことについてララに手紙を書いたり、サミアさんのためにもう一度ケーキを買いに行ったりした。

心を決めてから味わったあのケーキの味は、柔らかな酸味は一昨日と何も変わっていなかった。けれどもその味から揺り起こされる思い出を、今度は落ち着いて受け止めることができた。

さらにその翌日、お昼前の時間に約束通りギルバード様は私たちの泊まる宿にやってきた。宿に来たギルバード様は早速いくつか書類を机に並べながら、私の新しい名字と仕事の説明をしてくれた。

「養子入りの方はこちらで手続きを進めさせてもらう。君は後でこの書類にサインだけしてくれ」

「分かりました」

「あと仕事のことだが、ここから少し離れた街にいらっしゃるご夫婦が十歳の姪《めい》のためにマナーなど貴族のご令嬢としての振るまいを教える家庭教師を探している。君の教養があれば十分にこなせる仕事だ。この仕事を紹介したいと思う」

「お願いします。家庭教師はしたことがありませんが、全力で務めます」

「分かった。仕事の詳細だが、まずはご夫婦の元へ行き、そこで生活して彼らに君の教養に問題がないことを見てもらうことになっている。先方はいつでも来てくれて良いと言ってくれている。どうするかい？」

　そう私を気遣ってくれたギルバード様に、私はこう返事をした。

「ここで十分に休ませていただきましたので、準備が整い次第、発《た》とうと思います。何か必要なものはございますか？」

「いや、最低限の身の回りのものがあればいいと聞いている。それもこちらで手配して、既に馬車に積んでいる。君は貴族のご令嬢を名乗るには私物が少なすぎる」

「そこまでお気遣いいただきありがとうございます。では部屋の荷物をまとめたらここを出たいと思います」

「先方のお屋敷《やしき》までは馬車の移動で二日はかかる。道中のことは引き続きサミアを頼ってくれ」

　ギルバード様からそう話を向けられたサミアさんが、いつもの優しい微笑みを浮かべながらこう言ってくれた。

「私もお屋敷にお送りするまでは付いていきますからね」

「サミアさんもありがとうございます。また道中もよろしくお願いします」
こうして私は新しい仕事への第一歩を踏み出した。

3　続けた努力の先

馬車での移動は天候にも恵まれスムーズに進んだ。宿を発って二日後、私はギルバード様にご紹介をいただいたご夫婦、ノルヴァン夫妻のお屋敷に着いていた。

ノルヴァン伯爵家といえば、確か今のご当主には年の離れた弟がおり、その方には小さな娘がいた。私が教えることになるのは、そのご令嬢なのだろう。

馬車を降りて招かれたノルヴァン伯爵家のお屋敷は、歴史を感じさせる重厚な趣のあるお屋敷だった。美しく磨き上げられたエントランスで私を出迎えてくれた壮年の執事に案内され、私はご夫婦の待つ応接室に向かった。

応接室で私はノルヴァン夫妻と対面した。彼らは私を温かく出迎えてくれた。

「ギルバード君から話は聞いていると思うが、うちの姪のお手本になってくれるようなご令嬢を探していたんだ。メアリー嬢、これからよろしく頼む」

「はい、伯爵様。こちらこそよろしくお願い致します」

「しばらくはここで君の所作を確認させてもらう。そこで問題がなければ、姪の元へ行ってもらうつもりだ」

「分かりました。ご期待に添えるように努力致します」

「あまり堅苦しく考えすぎないでね、メアリーさん。私は念願の娘ができたと思って接させてもらうわね。この話が終わったら早速テラスでお茶をしましょう」

「お前は堅苦しくならなさすぎだ。すまないね、我々には息子しかいなくてね。妻は娘というものに憧れがあるのだよ。少しばかり付き合ってやってもらえると嬉《うれ》しい」

「はい、奥様もどうぞよろしくお願い致します。お茶もぜひご一緒させてください」

そうして私の新しい生活が始まった。


ノルヴァン家での生活は少しばかり不思議なものであった。普段の所作などを確認するためとは聞いていたが、食事やお茶を主人である伯爵様や奥様とご一緒することとなっていた。伯爵様はお忙しいときにはお席にいらっしゃらないこともあったが、奥様とは常に食事を共にしていた。

あの最初の日にも、お茶の席で奥様は私にとても優しく接してくださった。お気に入りのお菓子を勧めてくれ、このお屋敷の庭園の見所を色々と教えてくださった。

今までの貴族のお茶会と言えばレオノーラ殿下として失敗など絶対にしてはならない、不用意な一言で言質《げんち》を取られないよう神経をすり減らすものばかりであった。

奥様とのひとときは、これが試用期間中であることを危うく忘れそうになるほど、穏やかで優しい時間だった。

奥様とはお茶の他に刺繡《ししゅう》やダンスの練習なども一緒に行った。一通りの嗜《たしな》みは人並み以上にできるよう訓練をされてきたこともあって、奥様に何か苦言を呈されることは特になかった。むしろ何をしても「メアリーさんはすごいのね。お上手だわ」と褒めてくださり、面映《おもは》ゆい気持ちになることが多かった。

伯爵様はときおり書籍を私に渡し、「感想を聞かせてほしい」とおっしゃることがあった。外国語で書かれた小説から、王国史の専門書まで本の内容は多岐にわたっていた。難解な内容のものもあったが、小説などには思わず夜遅くまで読みふけってしまうような面白いものもあった。

恐らく試験の一環なのだろうけど、場違いにも私は何かに追いたてられずに本を読むことは楽しいことだと感じていた。

ノルヴァン家のご子息方は既に成人されており、ここには小さなお子様はいらっしゃらなかった。

そのため試用期間中にもかかわらず、私はこうした試験を受ける他は家庭教師の仕事ができずにいた。ご夫婦は今はそれでいいとおっしゃってくれていたけれど、私はそれでお給料をいただくのは申し訳なく思っていた。

そこで時間のあるときは侍女の仕事を少しさせてもらった。

新しい生活に馴染《なじ》むため日々目の前のことに取り組んでいたら、気が付けばこのお屋敷に来て二ヵ月が過ぎていた。そんなとある日の夕食の後、私はご夫妻から食後に執務室に来るように申し付けられた。

たくさんの書籍が並べられた本棚や重厚な執務デスクが存在感を放つ伯爵様の執務室のソファに座り、私はご夫妻と向かい合っていた。いつも通り伯爵様は一見難しそうなお顔を、奥様はにこやかなお顔をされていた。

「こんな時間に呼び出してすまないね、メアリー嬢。今日は君の仕事のことで話がしたくてここに来てもらったんだ」

「問題ありません伯爵様。こちらこそ試用期間中は大したお仕事もできませんでしたのに、このように良くしていただきありがとうございました」

「そんなことは気にしないでメアリー。私はこの二ヵ月、貴女《あなた》のおかげでとても楽しく過ごさせてもらったわ」

「私もとても心温まる時間を過ごさせていただきました。奥様もありがとうございました」

「ふむ、では早速だが仕事の話をさせてもらおう。だがその前にギルバード君から君について頼まれていたことを少しだけ説明しておきたい」

「はい」

「実はな、彼からは家庭教師の仕事の他にもう一つ話を貰《もら》っていたんだ。私たち夫婦はこの二ヵ月間君を見ていて、家庭教師ではなくもう一つの選択肢を選ぶことを決めた」

伯爵様はそこで言葉を切り、私を見つめてからこう言葉を続けた。

「彼から提示されていたもう一つの選択肢というのは、君をうちの養子にすることだ」

「私を……お二人の養子に？」

「そうだ。彼は君と過ごす中で我々がもし君を気に入れば、君の願いのためにも養子として迎え入れてやってほしいと言っていたんだ」

「ギルバード様がそんなことを」

驚く私に、伯爵様はこう言葉を続けた。

「最初に話を聞いたときは養子の話は聞くだけは聞いたが、断るつもりでいたんだ。確かに妻は娘を望んでいたが、どこぞの娘を養子にしてまでと思うほどではなかった」

「では、どうして私を？」

「この二ヵ月間、君を見ていく中で私たちの考えは変えさせられてしまったんだよ。どこで習ったかは聞かないが君の教養は並の令嬢のものではなかった。余程の才能があるのかと思い非常に難解な本を渡してみれば、君は辞書や他の本を調べながら懸命にそれにかじりついていた」

「刺繍の腕も、一朝一夕で身につくものではなかったわ。貴女のこれまでの懸命の努力を私も至るところで感じたわ」

「そうだ。君が努力の人で、今の君は今までの膨大な努力によるものだということが私たち二人にひしひしと伝わってきたよ。私にも娘がいればという気持ちも少しはあった。けれどもそれ以上に私は、そんな君の願いを叶《かな》える助けをしてみたいと思った」

「伯爵様、奥様……」

お二人のお言葉に思わず視界がじわりと滲《にじ》むのを私は感じていた。そんな私の目をまっすぐに見ながら、伯爵様ははっきりとこう伝えてくださった。

「どうだね、君さえよければこの家の娘にならないかね？」

突然の思ってもいない提案と二人のお言葉に私がすぐに返答ができずにいると、そんな私の手を取りながら、奥様がこうおっしゃった。

「事務的な話はこれぐらいにしましょう。私も娘なら誰でもいい訳ではなかったわ。けれどメアリー、貴女と過ごす中で貴女のことが大好きになっちゃったの」

奥様はいつものように、私に優しく微笑みながらこう続けてくれた。

「私も貴女の願いが叶う瞬間を近くで見守りたいと思っているわ。メアリー、よければ私を母と呼んでくれないかしら？」

伯爵ご夫妻からのお申し出は本当に思いがけないものであった。まさかギルバード様がそのようなお願いをしてくれていたなど、微塵《みじん》も予想をしていなかった。

私の願い。私はサミアさんに『会いたい人がいる』としか伝えなかったし、ギルバード様にもその相手を具体的には伝えていなかった。

けれども牢から出してもらったあの日、彼のことをまず尋ねたことから私が誰に会いたいと思っているかはきっとバレてしまっていたのだろう。

ギルバード様のお気遣いはとてもありがたいものだった。けれど私は伯爵ご夫妻にこう伝えた。

「確かに私にはある人に会いたいという願いがあります。しかしこれはただ単純に、私の個人的な願いです。この家に益をもたらすものではありません。ですので、お話はとても嬉しいのですが伯爵家にご迷惑をお掛けしないためにも私は辞退をしたいと思います」

私のその返事を聞いた伯爵様は少し口角を上げて、笑いながらこうおっしゃった。

「なんだ。気になるのはそんなことだけか？ 君の願い一つで揺らぐほど、この家は脆《もろ》くはないぞ。私たちは君を応援したいんだ。何かを返したいと思うなら全力でその人に会えるよう努力し、私たちに君が願いを叶える姿を見せてくれ」

「そうよ。私たちに返せる何かが必要だと言うなら、今度私とお買い物にでも付き合って頂戴。私、娘としてみたかったことがいくらでもあるのよ。私はそれに付き合ってもらえれば十分よ」

「伯爵様、奥様……」

「考える時間が必要なら、じっくり時間をかけて考えなさい。ただ、私は次に返事を聞くときは、私への呼び名が変わっていれば嬉しいと思っているよ」

伯爵様は私を優しく見つめながらそう言ってくださった。私の何を見て彼らがそう考えてくれたのかは、はっきりとは摑めていなかった。けれどそこまで言ってもらえたことへの嬉しさは胸にじわじわと浮かんできた。

本当にいいのだろうかという気持ちはまだ少し残っていた。けれどもアルベルト様に会いたいという私の願いもまだ熱を失っていなかった。

「この家に相応《ふさわ》しい娘になれるよう努力を惜しみません。お義父様《とうさま》、お義母様《かあさま》、これからどうぞよろしくお願い致します」

私は決意を込めて、お二人、いや私の義両親にそう返事をした。

その後正式な手続きを進め、私はメアリー・ノルヴァンとなった。

そこからは伯爵家の娘に相応しい振る舞いを身に付けるため、お義母様に所作の確認をしていただいた。レオノーラ殿下を基準にしていた私の動きは王族のものであり、微調整が必要だったのだ。

その間にお義母様とは約束通り買い物へも行った。「娘のドレスを選べるなんて夢みたいだわ」とはしゃぐお義母様が次から次へとドレスを私に当て、あれもこれも似合うわと言って全部買おうとするので、それを止めるのが少しだけ大変だった。けれども初めての母と呼べる人との買い物はとても楽しいものであった。

お義父様はその間に社交界に私が出られるよう各所に調整をしてくれた。

私は義両親の娘になると決めた日、二人に私が会いたいと思っている人のことを告げた。経緯は誓約もあり言えないことが多く、何とも不完全な説明にはなったが二人は私の話を真剣に聞いてくださった。

そこでお義父様はアルベルト様のお家《うち》は辺境伯であるため、外国の文化に関する催しが多いことを教えてくださった。そこで私たちは、まず社交界に出て私の外国語の能力が高いことや外国の文化について知識が深いことを広め、その催しに招待されるよう努めることにした。

私はそのためにも、所作や外国語など必要な勉強にひたすら打ち込んだ。

これまでもこうして懸命に努力をすることはあった。けれども何かに追いたてられてする努力と、誰かのために、自分のために頑張りたいと思う努力は違うのだということを、私はこのとき初めて知った。

お義父様とお義母様が誇れるような娘になりたい。アルベルト様にもう一度でいいからお会いしたい。心の底から湧き上がるものに突き動かされながら、私は前に進み続けた。

社交界では急に出てきた養子ということで、初めはあまりいい対応をされないこともあった。

しかし今までの経験を活《い》かして少しずつではあるが親交を広げていった。レオノーラ殿下として公務や社交をしていた頃は、ただただ必死に目の前のことに対応していただけであったが、その日々で身に付いたものが今の私を助けてくれていた。

私一人の力だけではなく、お義母様もお茶会などには一緒に出てくださり、ご友人の方々などに私を紹介してくださった。お義父様も機会があれば私の話をしてくださっているようだった。

そしてギルバード様、彼も一度パーティでお会いしたときにわざわざ私に話しかけに来てくださった。

「ノルヴァン伯爵令嬢、お久しぶりですね」

「ギルバード様、お久しぶりでございます。私、貴方《あなた》にお会いできたらお礼を申し上げたいとずっと思っていたのです。本当にその節はお世話になりありがとうございました」

「いえ、礼には及びません。それに私はチャンスを作っただけです。今の場所を掴んだのは貴女の力ですよ」

「そのチャンス自体が私自身ではどうしようもできなかったことだと思うのです。だからぜひ、お礼を言わせてください」

「分かりました。ではありがたく受けとることに致します」

こうして私はギルバード様にお礼を伝えたつもりでいたのだけれど、王宮である程度の地位のある彼が親しげに私に話しかけてくださったことで、私の評価が上がっていたことを後日知ることになった。ギルバード様には本当に助けていただいてばかりであった。

そうして一年目の社交シーズンは進展はあったもののアルベルト様まではたどり着かないまま終わった。

オフシーズンはお義父様の手伝いをしたり、お義母様から手ほどきを受けたり、本を読んで自分の知識を増やしたりすることに時間を費やした。

書籍については安くはないだろうにお義父様は沢山の本を用意してくれた。その中にはあの頃アルベルト様と話をしていた外国の文学作品もあった。彼も読んだ作品を私はその影を追うようにして読みふけった。


二年目の社交シーズンも自分のことを知らしめるために色々な場に足を運んだ。知り合いも増え、気さくに話しかけてくれるご令嬢もちらほら出てきた。目標までの距離は分からなかった。けれども前だけを見て、私は進み続けていた。

そんな中、ある日私がお茶会から帰ると、玄関先でお義母様が私のことを待ち構えていた。

「メアリー！　あぁ貴女を待ってたの！　早くお義父様の執務室へ来てちょうだい！」

手を掴み、走り出さん勢いで私を引っ張っていくお義母様に連れられ、私はお義父様の執務室に入った。そこにはデスクの椅子にもソファにも座らず立っていたお義父様がいた。

「あなたっ！　メアリーが戻りましたよ！」

「おお、帰ったか。メアリー、ついに来たぞ！　来たんだ、招待状が！」

そう言ってお義父様は一通の封筒を私に差し出してくれた。受け取り裏面を見ると差出人は『セブスブルク』とあった。

信じられない思いで封筒を見つめていると、お義母様が私に抱きつきながら、涙混じりの声でこう言った。

「アルベルト様のお家からの招待状よ！　ついに声がかかったのよ！」

呆然《ぼうぜん》としながら私はお義母様の声を聞いていた。

会える。ついにアルベルト様に会える。

そのことにも胸が詰まる思いであったが、今目の前で私のことを自分のことのように喜んでくれている義両親の姿にも私の心は強く摑まれていた。

思わず涙をこぼした私を、お義母様がより強く抱き締めてくれた。お義父様は目を細めてそんな私たちを見守ってくれていた。

私はお義母様を抱き返しながら、二人の思いに恥じぬようにしたいと強く思っていた。

結果がどうなるかは分からない。アルベルト様はあの日一度見ただけの私のことなんて気づかないかもしれない。けれど、たとえどうであっても整えてもらったこのチャンスに全力で挑むことを、私は改めて決意していた。

4　セドリックの愛の真実

王国と帝国の王族である私たちの婚姻を祝福するかのように、天候は雲一つない快晴だった。自慢のプラチナブロンドを華やかにまとめ上げ、帝国式の純白のドレスに身を包んだ私は、祝賀パレードの馬車に揺られながら、隣に座る私の夫となったセドリック様を見た。

麗しい容貌は出会ったあの頃より精悍《せいかん》さを増していて、撫《な》で付《つ》けられた前髪から少しだけ落ちる髪が何とも言えない大人の色香を彼に足していた。

幾度も見てきた顔を思わずうっとりと見つめていると、「レオノーラ、そんなに見られるとさすがに照れるよ」と彼が小声で伝えてきた。

「ごめんなさい、セドリック様。けれども貴方への愛はどうしても溢《あふ》れてきてしまうのです」

感情のままに頬を染め、潤んだ瞳で彼を見上げながらそう伝えた。彼は甘く微笑むことでそれに応えてくれた。

パレードや格式張った儀式が全て終わると、侍女に全身をくまなく磨かれ、柔らかなシルクの夜着を身に着けられた。肌は吸い付くような柔らかさになっていて、塗り込まれた香油が微《かす》かなローズの香りを放っていた。

今まで多少の火遊びは経験があっても男性と夜を共にするのは初めてだった。緊張と羞恥で肌を少し赤く染めながら寝室に入ると、同じく夜着姿のセドリック様がいた。

華やかな装飾を削《そ》いでも彼の魅力は霞《かす》むことはなく、むしろ普段見せることのない素肌が見えることで、彼の異性としての魅力は増しているように感じた。

手招きをされ、寝台で座る彼の横に腰をかけた。恥じらいから彼から少し離れたところに座ったのに、彼は私の腰を抱き寄せることでその距離を一瞬でないものとしてしまった。

私の顔に彼の影が落ちた。

「レオノーラ、やっと君を俺のものにできる」

私は出会ったあの日から身も心も貴方のものです。そう答えたかったが、私の声は彼の唇により奪われてしまった。

□

セドリック様との結婚式から早いもので二ヵ月ほどが過ぎた。生活が落ち着くのを見て、ポッポツと皇太子妃の仕事が割り振られるようになった。といってもその内容は王国にいた頃に担当していたような小難しいものはなく、お茶会に出たり、セドリック様の横で美しく微笑んだりすることぐらいであった。

私は帝国語については日常会話をするには問題ないが、会議など専門用語が増えると少し付いていけないところがあった。

そのため本当なら落ち着いた頃を見計らって、メアリーとララを不貞に関わったことを贖罪《しょくざい》させるため私の元で働かせるなどと理由を付けて呼びつけるつもりだった。そうしてまた仕事をさせようと思っていた。

それなのにあの女たちは『アルベルトとの不貞に関与した』ということでお父様によって侍女の仕事をクビにされてしまっていた。

国王であるお父様の決断は覆せないので、せめて何とか見つけ出して帝国まで連れてこようと思い、王国の者にさりげなく彼女たちの現状を尋ねてみた。

しかし「レオノーラ殿下にとんでもない不敬を働いた罪人は今も監視下に置いております。殿下の目に触れることは万が一にもございませんのでご安心ください」と返されるだけで、その後の消息を掴むことができなかった。

そのため、これまでのようにメアリーに面倒くさい仕事を任せられなくなってしまった。

何とか誤魔化しながら割り振られた公務を行っていたのだが、ある日セドリック様から私の言語力が不十分なのではないかと指摘をされてしまった。

私は泣きそうな気持ちになりながらも正直に彼に言語に不安があることを伝えた。すると彼は「君はいてくれるだけでいいんだ。無理のない範囲で私を手伝ってくれれば十分だよ」と優しく言ってくれた。

そこからは彼の言葉に甘え、変に見栄《みえ》は張らず難しいものはそう伝えることにした。そうすると彼は「分かったよ」と優しく微笑み、私の仕事を調整してくれた。そこから小難しい仕事は回ってこなくなった。

素晴らしい夫に愛され、未来の皇后として敬われ、本当に幸せな日々だった。

しかし何もかもが満たされた生活は、ある日急に音を立てて崩れた。

「セドリック様！　側室を迎えると聞きましたが嘘《うそ》ですよね？　私たちまだ結婚して二ヵ月も経《た》っていませんもの、そんな訳ありませんよね？」

その話を耳にしたのは偶然だった。

普段はあまり足を延ばさない庭園までたまたま散歩に出掛けたとき、見知らぬ侍女たちが噂話をしているのが聞こえてきたのだった。

「ねぇ、やっとちゃんとした後宮の主人がやってきてくださるそうよ」

「やっとね。助かるわ。あのお姫様、何もしてくれないんだもん。それで側室様の輿入れはいつなのかしら？」

「調度品とか準備が整ったらすぐだって。忙しくなるわよ」

それを聞いた私は、私に付いている侍女たちが止めようとするのを振り切って、セドリック様の執務室に飛び込んだのだった。

部屋に入ると一目散にセドリック様に駆け寄り、彼にそう声をかけた。

どこでそんな根も葉もない噂を聞いたんだい？　と優しく私を受け止めてくれると思っていた彼は、一瞬射貫《いぬ》くような視線で私を見たように思った。

そう思った自分が信じられなくて、私はもう一度彼に視線を向けた。

すると少し困った顔をしてはいたが、セドリック様はいつも通り私に優しい顔を向けてくれていた。

「レオノーラ、どうしたんだい？　私は今執務中なんだが」

「すみませんセドリック様。でも気になる噂を耳にして、いてもたってもいられなくなって。どうしてもお顔を見たくなってしまったんです」

「その噂というのが、側室がどうのと言うやつなのかな？」

「はい、あり得ない噂だとは思っているのですが不安になってしまって……」

目に涙を浮かべながら私はセドリック様を見つめた。優しい彼は、私がこんな悲しげな顔をしたらいつもすぐに抱き締めてくれていた。

今日もきっと執務なんて放り出して、私を抱き締めてくれると信じきっていた。

しかし彼が返してきたのは正反対の言葉だった。

「あり得ない噂ではないよ。それは事実だ」

彼の言葉に、私は目の前が真っ暗になるのを感じていた。側室？　私がいるのにどうして？

私が何も言えずに立ち尽くしていると、セドリック様は執務室にいた事務官を退室させた。二人きりになった部屋で、いつもの優しい、美しいお顔でセドリック様は私にこう言った。

「レオノーラ、二人で少し話をしようか」

セドリック様に手を取られ、ソファまで導かれながら、私は必死に考えを巡らせていた。

噂話を聞いてカッとなってここまで来てしまったが、落ち着いて考えてみるともしかしたら政治的な問題で、彼も無理矢理どこかの娘を押し付けられたのかもしれないと思った。そうでなければ、私に対してこのように堂々と側室を迎えることを言うことはないと思った。

そんなことを思いながら、私は彼の横に座った。

「遅かれ早かれ君には話をしなくてはと思っていたんだが、部外者から聞かせることになってしまって申し訳なかったね」

彼はその麗しい眉を少し寄せ、痛ましいような表情をしながら私にそう言った。

「近々、元々私の婚約者候補の一人であった侯爵令嬢が側室としてこの王宮にやってくる。公式行事では同席することもあるだろうが、君の立場も仕事も何も変わらないよ。安心してほしい」

「セドリック様、その、どうしてこんなにすぐ側室を迎えるのですか？　何か内政の問題でしょうか？　お辛くはありませんか？」

望まぬ結婚に心を痛める彼を慰められるのは真《しん》に彼に愛されている私だけ。そういう気持ちを込めながら彼に問いかけた。

「内政か、まぁ確かに一番の理由は政治の問題だね」

「やはりそうですか。セドリック様のお辛い心中お察しします」

私は悲鳴を上げる自分の心に蓋をして彼に美しく微笑みかけた。これが少しでも彼の心を癒《いや》してくれるよう気持ちを込めて彼を見つめた。

セドリック様はそんな私を優しく見つめ返してくれながら、こう私に答えた。

「辛い？　まさかそんなことはないよ。これは国のために私が手配したことだからね」

私は彼の言葉の意味が分からず、目を見開いたまましばらく彼を見つめてしまった。

私の瞳に映る彼は確かに昨日寝室で私に愛を囁《ささや》いてくれた彼のままであった。美しい容貌も、向けてくれる優しい笑顔も、今や私に馴染んだものであるはずなのに、そのとき私ははっきりとは言えないが、彼が全く別の人間になってしまったように感じていた。

背中を嫌な汗が流れるのを感じながら、私は彼にこう聞いた。

「で、でもセドリック様、貴方は前に側室のことを心配する私に『レオノーラさえ側にいてくれればそれでいい。世継ぎの問題などさえなければ、私たちには必要ないよ』と言ってくれたではありませんか？　あれは嘘だったんですか？」

「まさか。あの言葉に嘘はないよ」

彼はさっき私が不安に思った違和感が気のせいであったと思わせるような、いつも通りの柔らかな笑みを私に向けながらそう言った。

「けれどあのときの私は『レオノーラ殿下は周辺諸国の言語を流暢《りゅうちょう》に操り、外交手腕に富み、内政についても優秀である』という評価を聞いていたからこそ、そう伝えたんだよ？」

「え？」

続けられた言葉に、私は思わずそう声に出してしまった。

「実際、王国で君とそういう話をしたときに、君は自分にはその能力があると言っていたじゃないか。数多《あまた》の成果や評判は自分のものだと言っていただろう」

「それは、そうですが」

確かに王国にいたときにメアリーの成果をそうセドリック様に話したことはあった。だってあれらはあの子が『レオノーラ』として行ったものだ。それが私のものになるのは当然だと思っていた。

「しかし実際に結婚後、君に仕事を任せてみたらこの国の言葉でさえ詰まるような状態だし、政治の話をしてもニコニコと笑うだけで何も意見すら言わない。君は私に約束を違《たが》えたと言いたいようだが、むしろそれは私の台詞《せりふ》でもあるんだよ？」

穏やかに、しかしどこか有無を言わさぬ雰囲気を出しながらセドリック様はこう続けた。

「君ができると言ったことをやっていてくれていれば側室は必要なかった。でも君はできなかった。なら公務を行ってくれる女性を私が求めることは必然だろう」

セドリック様のお言葉の端々に公務をできなかった私のことをおっしゃる言葉が含まれていた。思い当たる節があるだけに反論しづらいところはあったが、先ほどの彼の言葉を聞いて、私は少しばかり安堵することができていた。

なぜなら、彼は『公務を行う女性が必要』と言った。

何だ、彼は公務を担当するだけの女を側に置くだけなのだ。

先ほど私の立場は変わらないと彼は言ってくれていた。彼の事情も考えず、側室という言葉に過剰に反応を示してしまった己を恥じた。

「分かりました。セドリック様がそのような事情で側室を迎えることは理解致しました。けれども、私の気持ちとしてはそれでも不安にもなります。夜は必ずこのレオノーラの元へ帰ってきてくださいね」

仕事をするだけの女にそんな心配は要らないかとも思ったが、私が寂しく、不安に思っていることをアピールするために彼にそう伝えてみた。

彼の寵愛《ちょうあい》は全て私のもの。確固たる自信のもと彼にそう告げた。

「分かってくれてありがとう、レオノーラ」

自分の心配事が杞憂《きゆう》であることが分かり、彼から向けられるまぶしい笑顔をやっといつも通り受け止めることができるようになった。

そのままそっと彼に身を寄せた私を優しく受け止めながら、彼は私にこう告げた。

「でも彼女の元にも私は通うことになるよ。側室とも子を設けるつもりだ」

それは私が思ってもいなかった言葉だった。

側室はただ仕事をするだけの女のはずだ。彼がそんな女と褥《しとね》を共にする。到底許せることではなかった。

私は感情のまま、彼にこう詰め寄った。

「どうして？　まだセドリック様と寝室を共にして間がないだけで、私はいずれは貴方の子を身籠ります！　そんな女にご寵愛を向ける必要などないではないですか！」

声を荒らげた私に対し、彼は穏やかな声でこう答えた。

「ああ、君との子はいずれ授かるだろう。しかし帝国の王室は子の教育は母親が全てを担う。必要な乳母や教師の手配まで全てだ。基本的に私は関与しない。噂に聞く優秀な君にならば任せられたが、ここにいる現実の君が優れた次代を教育できるとは思えない」

彼は私の髪をいつものように優しく撫でながらこう言った。

「だから他の優秀な母親となる女性を迎える部分もあるんだよ」

理解ができなかった。いや、頭が理解をすることを拒んでいた。

夜、私に触れていた彼はいつも優しさに満ちていた。私の指先一つすら割れもののように丁寧に、しかし確かな熱を持って触れていた。

私もそんな彼を心から信頼し、愛し、自分の全てを彼に差し出した。

そんな私たちこそが本当の愛だと思っていた。私たちはお互いを深く愛し合っていると思っていた。

それなのに、それなのに彼は他の女を迎え、抱くと私に言った。

どうしても信じられず、でもどこかで縋《すが》るこの糸が非常に細いものであることを感じながら、私は悪あがきのように彼にこう尋ねた。

「そんな……そんな……。セドリック様は愛してもいない女を抱けるとおっしゃるのですか？」

否定をしてほしかった。仕方ない、俺も辛いんだと答えてほしかった。

しかし彼から返されたのは、談笑でもしているような笑みを含んだこんな言葉だった。

「ははっ変なことを聞くね。当然だろう、私は王族だよ。国のために必要ならどんな醜女《しこめ》でも抱くさ。それに愛がなくても問題はないことは既に立証されているよ。現に君を抱けているんだからね」

「……え？」

思わず息が止まった。

彼は今、なんと言った？

聞こえてはいたが頭にその言葉が入ってこなかった。知らぬ間に目に涙が浮かんでいた。

滲む視界で美しく微笑んでいた彼は、まるで愛でも囁くような表情のまま私にこう言った。

「私は愛していない君を抱けている。心配は無用だよ」

5　偽りで得た幸せの末路

初めに浮かんできたのは深い悲しみだった。

彼のことを私の運命の人だと信じていた。彼は私だけを愛してくれると思っていた。その愛が偽りだと知り、私の心は張り裂けそうなほど痛んだ。

悲しみの次に表れたのは、目の前が真っ赤に染まりそうなほどの強い怒りだった。

信じていたのに！　信じていたのに！

私は彼を信じて己の愛を全て捧《ささ》げてきた。母国を離れ、遠いこんな国まで嫁いできた。乙女の純潔だって捧げた。

なのに……それなのに彼は私を愛していないと言った！　こんなに美しい私を愛していないと言った！

感情の高ぶりのままにセドリックに向かって私は悲鳴のような金切り声でこう叫んだ。

「裏切り者！　私を騙していたのね！　あんなに愛していると言ったくせに！　神にも誓ったくせに！　私の初めても奪ったくせに！　許さない……お前を絶対に許さないわ！」

そう叫んだ後肩で息をする私に、彼は日常会話でもするかのように淡々とこう答えた。

「今回の側室を迎えることに君の了承は必要ないから好きにすればいい。許さないのも君の自由だ」

「なっ！」

「後、君は騙したと言うが、貴族にとってある種、嘘は自分を有利にするための武器だ。誰もが目的のためなら嘘ぐらい息をするようにつくだろう。まさか王国の王族や貴族たちは腹芸の一つもせずに生きているとでも言う気かい？　そんなはずはないだろう？」

「う、うるさい！　そんな屁理屈《へりくつ》聞いてないのよ！」

「愛していると言った？　神に誓った？　そうだね、それらは確かに私がしたことだ。私がこの国のために必要だと思ってしたことだね。でもそれで君の望む『王子様』もしてあげられていただろう？　君だって今までは満足していたじゃないか」

「ごちゃごちゃ煩い！　私の心を弄んだことが許せないのよ！」

髪を振り乱し叫ぶ私に、彼は癇癪《かんしゃく》を起こした子供を見るような目を向けながらこう言った。

「私たちはウィンウィンの関係だと思っていたのだけれどもね。君はかねてからの希望通り王族に嫁ぎ、この国で皇后としての地位を得る。私は君を娶《めと》ることで王国との争いを回避する手段を得る。実際に君が私の婚約者となったことで、私は王国とより具体的な不可侵条約を締結できた」

「条約ですって？」

初めて聞く話に私は再び怒りがこみあげてくるのを感じた。やはりこの男は私を利用していたんだと思った。

その怒りを隠すことなく、忌々しさを込めて睨《にら》み付《つ》ける私を凪《な》いだ目で見つめ返しながら、セドリックはこう言った。

「あと、君は私に『裏切り』と言うけれども、私は君の示した前提条件に基づいて、きちんと君の要望に沿うようにしようとしていた。さっきも言ったはずだよ、君がきちんと公務をこなせる人であれば側室は取らないつもりだったと。できないことを『できる』と言っていた君にこそ問題があると思うけどね」

徐々に視線を冷ややかなものに変えながら、彼はさらに続けた。

「まぁ王国にいた頃から君自身にはそこまでの能力はないだろうと薄々気づいてはいたんだけどね。しばらく親しく会話をしていればある程度の相手の技量は見えるものだ。あの評価が本来の君の力によるものではないとは思っていたよ」

「なっ」

落ち着いて聞き流さねばならないところだったのに、私は思わず声を上げてしまった。

私とメアリーは瓜二つ《うりふた》であったはずだ。体型も何もかも私に合わせるようにさせていた。バレるはずがないと思いつつも、何か言い訳をしないとと必死に言葉を選ぼうとした。

しかしセドリックが喋《しゃべ》りだす方が先であった。

「まぁそれでも私はいいと思っていたんだ」

「え？」

「君の実力であれ、誰かのギフトの効果であれ、『レオノーラ』が有能であれば問題なかった。しかし理由は知らないが帝国に来てからの君は王国では見せられていた能力を示せなくなった」

彼は口の片端をわずかに上げながら、こう続けた。

「恐らくだが、王国で君を支えていたギフトの使い手を呼び寄せられなかったのだろう？」

「何の根拠もないことを言わないで！」

煽《あお》られていると頭の片隅では理解していたけど、高ぶった感情を抑えきることができなかった。

私は睨み付けながら彼にそう返した。

「確かに今の話に根拠はないね。しかし今君が私の妻として必要な能力が示せないというのは明白な事実だよ」

言語一つとっても足りない部分があることは自覚していた。そのため私が一瞬言葉に詰まった隙に、彼はこう続けた。

「ギフトの使い手をこちらへ連れてこられなかったこともそうだが、ここに来て一年ほど経つがその間に少しでも自分の能力を上げる努力をしなかったこと、これは君の落ち度だよ」

そこまで言うとセドリックは足をゆったりと組み換えた。今朝までは好ましく思っていた彼の長い足を、私はイライラとしながら睨んでいた。

耐え難い屈辱だった。全てが許せなかった。だから私はセドリックにこう言ってやった。

「そこまで言うなら離婚よ！　私は王国に戻るわ！　今すぐ手配をして！　私がいなくなったら貴方の皇太子の地位も揺らぐし、私のお父様だってきっと黙っていないわよ！　せいぜい後悔することね！」

セドリックが慌てふためく姿を想像しながらそう言い放ってやった。みっともなく私に許しを乞い、私だけを心から愛すると誓うならここに残ってやってもいいと私は思っていた。

「王国との最低限の条約は交わせたし、別に君の助力がなくとも私は皇太子になる予定だった。君は公務ができる訳でもないし、後宮の予算も限りはある。君がそう望むなら好きにすればいい」

しかし彼が表情一つ動かすことなく返してきたのは、そんな言葉だった。

「でも理由はどう言うつもりなんだい？　まさか私にも不貞をされたとでも言う気かい？」

「理由は結婚後すぐに側室を迎えようとしたことで十分足りるわよ！　王女である私にそんな対応をしたのだから、相応の慰謝料を払ってもらうわよ」

「君の父上にそう伝えてみるがいい。そうしたら私は君が公務に足る能力がなかったので仕方なかったのだと正直に陛下に伝えるだけだ。そうなれば『レオノーラ』として築き上げてきた王国での評価はどうなるだろうね。君は出戻りになる上、実は能力が低いことがバレてしまう訳だ」

「そ、そんなの私の力が足りないってどう証明する気よ？　そんなの無理に決まっているわ」

そんなことできる訳がない、そう思いながら私が返した言葉に、セドリックはすぐこう返答をしてきた。

「そうでもないさ。君にできないことは色々とある。例えばその離婚のための会談で使用する言語をお互いの隣国である共和国の公用語に指定してみるとかね。陛下も私も近隣諸国の言語はある程度は修めている。喋れないのは君ぐらいになるんじゃないかい？」

言えば言うほどセドリックに言い返された。ムキになった私は、破れかぶれでこう叫んだ。

「な、何よ！　それなら今からこの部屋を出てあんたが私を愛していないことを暴露してやるわ！　国民や臣下からあれだけの祝福を集めた結婚だったのに、それが演技だったなんて知られたらあんたの支持はがた落ちになるわよ！」

そこまで言うと、セドリックはまるで聞き分けのない子供をあやすかのように私にこう話しかけてきた。

「それはあまりおすすめしないな。そうなれば私は君が大病を患ったことにして、療養と称して幽閉しなければならなくなる。それはお互いにとってメリットがないよ」

「自分が不利になるからって脅してくるのね。でもムダよ。私はやると言ったらやるわ！」

「まぁやってみればいいが、この城の中で君がどんなことを叫ぼうとも、私がそれを否定すれば君の言葉を信じる人間はほとんどいないよ。私はここで幼い頃からこの国のために研鑽《けんさん》を積んできた。皆がそのことを知ってくれている」

確かにこの国、この城でセドリックは優秀な皇太子として絶大な信頼を得ていた。彼の言葉をただの自信過剰だと笑い飛ばすことは難しかった。

「それに対して君はどうだい？　公務もせずに自分のお気に入りの侍女相手にお茶を楽しみ、やることと言ったら着飾ることばかり。どちらの言葉の方が信用があるかは比べるまでもないだろうね」

セドリックは当然の事実を述べるように淡々とそう私に返してきた。そしてまるで天候の話でもするかのようにさらりとこんなことまで言った。

「幽閉で済めばいいが、君の態度次第では不慮の事故も起きかねないよ。ああ、君がいなくなっても民からの私の支持はそう落ちないと思うよ。なぜならそのときの私は運命的に出会った最愛の妻を結婚してすぐに失った悲劇の夫となるからだ」

不慮の事故、妻を失った夫。何てこともないかのように彼が口にした言葉が指すものは一つだった。

「君がいなくなるとこの国にも多少のデメリットはあるし、私は心の底から悲しんでいる素振りをしてみせるよ。私の演技力のことは君もよく知っているだろう。何せ君は今日まで愛されていると疑いもしなかったのだからね」

彼はそこで言葉を切ると、まるで私のためを思うかのような態度でこう言ってきた。

「離婚でも幽閉でも事故でも私は構わないが、君にとって一番不利益が少ないのは大人しく今のままでいることだよ。そうすれば王国での『レオノーラ』の評価は守られるし、君は望んでいたこの国の皇后にもなれる。まぁ名ばかりだけれどもね」

告げる言葉の内容は残酷だった。しかし彼の声音はどこまでも優しかった。

「それでも公式行事となればそれなりに綺麗に着飾れるし、皆が君に頭を垂れてくれる。私も今まで通り君を愛しているという態度をとり続けよう。ほら、何もかも君が望む通りだ」

彼は本気でそう言っている。私のためと言う言葉に偽りはないと思った。

しかしそれが却《かえ》って恐ろしいと私は感じ始めていた。

にこやかな笑顔すらたたえている彼に私は声を震わせながらも、こう返事をした。

「でもそれは表面的なものよ。私はもう心から貴方を愛せないし、貴方も『私』という女を愛さないのでしょう？」

優秀なレオノーラでいることも、この国の皇后として人々にかしずかれることももちろん大切だった。けれども運命の人に心から想い、想われることも私にとっては大切なことだった。

眩《まばゆ》いばかりのセドリックの容貌を見ていると、未練がましくも涙が浮かんできた。王宮のバラ園を完璧なエスコートで案内してくれたことも、夜会で会場中の羨望の眼差しを浴びながらダンスをしたことも、満天の星の下のバルコニーで私にキスを落としてくれたことも、全部全部私の求めていた理想の王子様だった。

彼はあんなにも情熱的に私を愛してくれていた。もし私を想う気持ちが全くなければ、私をあんなに愛おしげに見つめられる訳がないと思った。

だから最後の望みをかけて、「そんなことはないよ」という言葉を期待して、私は彼にそう問いかけた。

しかし私に返されたのは、何か冗談でも聞いたかのように眉を下げながら彼が笑って言ったこの言葉だった。

「当然だろう。この国を背負う王族たる私に必要なのは『優秀なグランベルク王国第三王女』である女だ。君個人ではない」


あの後、半ば強引に私は私室へと戻らされた。今座っているソファも、私の好みに全て合わせてくれた家具たちも、たくさんのアクセサリーやドレスが眠るクローゼットも、この部屋を出たときから何も変わっていなかった。

ただ私の気持ちだけがセドリックの本心を知ってしまったため大きく変わっていた。

彼に言われた言葉だけが、湧き上がる不安と共にぐるぐると頭の中を駆け巡っていた。怒りもあった。悲しみもあった。けれどもそれだけでは彼の言葉をひっくり返せるものは何も見つけられなかった。

私には『幸せなレオノーラ』として生きる道しか残されていなかった。頭はそのことを理解し始めていたが、受け止めきれない心が私に涙を流し続けさせた。

その日は日が暮れても泣き続けた。しかし、私を慰めに来てくれる存在は誰もいなかった。

□

パタン。侍女たちによりレオノーラが連れ出され、セドリックの執務室のドアが閉まると、部屋はそれまでの騒がしさが嘘であったかのように静かになった。遅れた執務を取り返すべくセドリックがデスクに座ると、侍従が滑らかかな所作でデスクの上に紅茶を置いた。

「妃殿下は私室に大人しく戻られました。体調が優れないため公務がない限りは呼ばないようにと仰せでした」

セドリックはカップを手に取り、紅茶に口をつけた。香りの良い彼好みの紅茶が少し渇いていた彼の喉を潤した。

「そうか、なら予定通りだな。これで彼女も本来の自分の立場を理解しただろう。早速侯爵令嬢の後宮入りを進めてくれ」

「はっ」

「皇太子妃の公務をいつまでも母上たちにお願いする訳にはいかないからな」

「畏まりました」

二人の会話はひどく事務的なものであった。先ほどこの部屋で人生に絶望するほどの悲しみに陥った女などまるでいなかったかのように、ただ必要な事項のみを交わし会話は淡々と進んでいった。

□

それから約一年後、グランベルク王国にラッセン帝国よりある吉報がもたらされた。それは帝国の皇太子であるセドリックと王国の民たちに愛されていたこの国の末王女のレオノーラの間に第一子が無事生まれたと言うニュースだった。

平民たちが隣国に輿入れしたレオノーラの姿を直接見ることはもう叶わなくなっていたが、それでも王都にいる貴族たちからレオノーラは帝国の皇太子妃として幸せに暮らしているとは漏れ聞いていた。

そんな中でのとびきりのニュースに王都中が祝福に沸いた。町中の皆がこの慶事を喜び、こぞって幸せそうに語りあった。

事実など知るよしもない王国の民たちは、誰もが無邪気に喜び、生まれた皇子の健やかな成長と、レ、レオノーラの変わらぬ幸せを願っていた。

第四章　想《おも》う心、その熱

1　忘れえぬ声

ノルヴァン家に養子に迎え入れてもらってからのこの一年で乗り慣れたと思っていた設《しつら》えのいい馬車に揺られながら、私は緊張を隠せずにいた。落ち着かなければと心の中で繰り返していたが、手の中にある扇子を握る力は強まる一方だった。

そんな私の手の上に、お義母様《かあさま》は自分の手をそっと乗せながらこう言ってくれた。

「大丈夫よ、メアリー。あんなに今日のことを考えてきたじゃない。貴女《あなた》ならできるわ。それにせっかくの再会なのよ。緊張はもちろんあるでしょうけど楽しまなくちゃ損よ」

優しい笑顔を私に向けてくれるお義母様に、私は少し情けない顔にはなっているかもしれないが、何とか笑顔を作りこう返した。

「ありがとうございます、お義母様。そうですね、やっと会えるのですから彼にいい表情を見せられるようにしたいです」

「そうよ、女の子の一番の武器は笑顔よ。貴女は私の可愛《かわい》い自慢の娘よ。胸を張って挑んでいらっしゃい」

向かい側の席に座っていたお義父様《とうさま》も私に声をかけてくれた。

「お前は他人《ひと》よりずっと努力してきているんだ。大丈夫だ、自信を持ちなさい」

「ありがとうございます、お義父様。はい、これまでの努力を信じたいと思います」

二人の言葉に、心臓の鼓動は少し速いままではあったが、私は少し体の力を抜くことができた。

そうだ、せっかくお会いできるのだから、せめて笑顔で彼の前に立とう。そう新たに決意をしながら、私たちはセブスブルク家のお屋敷《やしき》へと向かった。


たどり着いたのは堅牢《けんろう》という言葉が似合うような、どこか武骨な印象を与えるお屋敷だった。しかし隅々まで抜かりなく磨き上げられていることにより、質素な印象を与えることはなかった。この辺境という土地を表しているような、華美ではない美しさがあるお屋敷だった。

私は義両親に続き、お屋敷の中の大広間へと足を運んだ。

大広間には既に大勢の招待客がいた。ぐるりと見渡してみたが、背の高い彼の頭を見つけることはできなかった。

「ご子息はまだいらっしゃっていないようね。辺境伯ご夫妻もまだお見えではないわね」

同じく会場を素早く確認していたお義母様がこそりと私に耳打ちをしてくれた。

私は拍子抜けしたような、まだ緊張をしていたので少しホッとしたような気持ちになっていた。

今日のパーティは外国の使節団を歓迎するものであった。彼らと交流を図るため外国語やその文化に詳しい人物が招待されていた。主催は辺境伯ご夫妻であり、彼がこの場に来るという保証はなにもなかった。

しかしあの頃、殿下として色々な会話をしたときに彼とは外国の文化についてもよく話をしていた。彼がここに来てくれる可能性は低くはないのではと私は思っていた。

けれどその期待を裏切るかのように、辺境伯ご夫妻の開会のご挨拶が始まっても、大広間に彼が姿を現すことはなかった。お義父様やお義母様がとても気遣わしげにこちらを見てくれていたが、私はあえてそのことに気付かない振りをして目の前の交流会に集中した。

レオノーラ殿下として振る舞っていた頃には外国の使節団や外交官などと直接言葉を交わすこともあったが、メアリーとしては初めての交流会であった。変に慣れていると思われないように気を付けながらも、風土、文化、娯楽など色々なことについて話をした。

初めは彼がここにいないことを気にしないようにするために会話に積極的に入っていっていたが、いざ交流が始まると知らなかったことに触れる楽しさを私は感じていた。

それに一番の目的は彼に会うことであったが、それが叶《かな》わないならせめてこの場に連れてきてくれた義両親に報いたいと私は思っていた。そのため、きちんとした結果を残せるよう私は積極的に交流を続けていった。

そうして外国の文学などについて詳しく話を聞いたり、王国の文学作品について説明したりしていると、気が付けば交流会もお開きになる時間となってしまった。横目で何度も会場内を見てしまっていたが、私の目がついに彼の姿を捉えることはなかった。

終わりのご挨拶を聞いていると、お義母様がそっと背に手を添えてくれた。背中から伝わる温かさに少し目の奥がツンとした。

「機会はこれからもあるわ。またご招待を受けられるように皆で頑張りましょう」

かけられたその声に、私はしっかりと頷《うなず》いた。


ご当主のご挨拶も終わり、私たちも人の流れに沿って大広間から出ようとしていると、辺境伯夫人から急に声をかけられた。話をうかがうと、どうやら最後に文学の話をしていた方がもう少し私と話をしたいとおっしゃってくれているようだった。

「メアリー、せっかくの機会だ。ぜひお会いしてきなさい」

「私たちは応接室で待たせていただけるみたいよ。気にせずいってらっしゃい」

義両親にそう背を押され、私は夫人に連れられるまま中庭の小さなガゼボに向かった。


そこで私を待ってくれていたのは初老の紳士であった。先ほどの会にこのような方がいたかと疑問に思っていると、それに応えるようにその方が隣国の共和国の公用語でこうおっしゃった。

『すまないね、急に呼び出して。私の作品の話をしてくれていたお嬢さんがいると聞いて、つい夫人に会いたいとお願いしてしまったのだ。私はルドルフ・グリース、君が今日話をしてくれた海辺の調べの著者だ』

海辺の調べ、それはあの頃にアルベルト様からお聞きしていた外国の文学作品の一つで、私がこのオフシーズンに読んだ作品の中でも一、二を争うほど繰り返し読んだ作品であった。

『初めまして、グリース先生。メアリー・ノルヴァンと申します。あのように素晴らしい作品の著者にお会いできるなんて光栄です。私、あの作品は何度も読み返しています。主人公たちの心情描写が素晴らしくて毎回涙しながら読んでいます』

『異国のこんな若いお嬢さんにそんなに気に入ってもらえるとは作者冥利に尽きるものだな。今日の会に出た者から君の文学の知識は素晴らしいと聞いているんだ。よければこの老骨としばし話をしてもらえないかい？』

『光栄です。ぜひお願い致します』


そこから私はグリース先生と色々な国の文学作品の話をした。先生は私の話をゆっくりと聞いてくれ、私の知らない様々な作品の話を聞かせてくれた。

あまりの楽しさに思わず時間を忘れてしまっており、気付けばガゼボに西陽《にしび》が緩やかに差し込むような時間になっていた。

『君との話が楽しくて、長い時間付き合わせてしまったね。ありがとう、素晴らしい時間を過ごさせてもらったよ』

『感謝を申し上げるのは私の方です。こちらこそとても勉強になるお話を聞かせていただきありがとうございました』

『異国の若者とこんなに楽しい話をさせてもらったのは、ここのセブスブルク家のご子息以来だよ』

グリース先生から突然アルベルト様の話が出たので、私は思わず目を見開いてしまった。そんな私の変化には気付かず、先生はこう続けた。

『今日も本当は彼と話をする予定だったんだ。しかし、王都からの帰りが予定より遅くなっているということで会えずにいたんだ。いや、しかしそのお陰で新しい出会いがあった。彼の遅刻に感謝せねばな』

『では、私もご子息に感謝せねばなりませんね』

結局アルベルト様にはお会いできなかったが、彼を知る方とお話をすることはできた。今日彼がいなかったことをしきりに気にしてくれていた義両親に話す話題ができたことを少し嬉《うれ》しく思いながら、私はグリース先生との場を辞した。

交流会を無事終えた安心感からか、ガゼボに来たときよりも帰り道の方が季節の花が美しく咲く庭園を楽しみながら歩くことができた。綺麗《きれい》に整えられた庭園では春のバラが大輪の花を咲かせていた。

そのバラを見て思うところがあったため、屋敷までの案内をしてくれていた使用人にお願いをして、少しだけ一人で庭を歩かせてもらった。

王宮にもそれは美しいバラ園があった。色とりどりのバラが咲くその庭をアルベルト様と歩いたことがあった。私が咲き誇る花たちに目を奪われていたためか、彼はいつかここのバラもお見せしたいとおっしゃってくれていた。

彼の言葉はあくまでも『レオノーラ殿下』に向けられたものであったし、まさかこうしてメアリーとして一人でこの景色を見ることになるとはあの頃は思ってもいなかった。

目の前に広がる美しい景色に、いつか彼と一緒にこの美しい花を見られたらいいのにと、つい浅ましくも考えてしまった。今後彼に会えるかも分からないのに現金なものだと、自分のことながら少し呆《あき》れてしまった。

そんな風に考え事をしていたせいか、私はすぐ近くまで人が来ていることに気が付いていなかった。

切なさのような気持ちを持て余しながら、美しいバラを眺めていたそのときだった。

「……メアリー？」

不意に名を呼ばれ、私は驚きで固まってしまった。

もちろん、急に呼ばれたことにも驚いた。けれども一番の理由はそれではなかった。

私はこの声を知っている。

明るい王宮のサンルームからの帰り道で、暗い地下牢の中で、夜中に本を読むための少ない明かりの側で、いつも思い出していた。

低い、でも柔らかな声。

現実が信じられなさすぎて、あんなに望んでいたはずなのに怖くて顔を上げることができなかった。

ジャリという靴が小石を踏む音と共に、すぐ近くまで来た彼の長い影が私を包んだ。

「やはり君だ、メアリー」

何故《なぜ》だか分からないが泣きそうな気持ちだった。顔を上げると、あの日最後に見たときと変わらない橙《だいだい》の瞳が私を見ていた。


そこにいたのはアルベルト様だった。

2　約束のバラ園で

「どうして……」

目の前に立つ人の姿を見て心の中は色々な感情が吹き荒れていたのに、口からこぼれたのはそんなありふれた言葉だった。

なぜ貴方《あなた》がここに。

なぜ私の本当の名前を知っているのか。

私のことを覚えていてくれたのか。

聞きたいこと、言いたいこと、言わなければならないことがたくさんあった。それなのに、まるで言葉を失ってしまったかのように言葉が続かなかった。

あの日、静かな離宮で向き合ったときのように、私たちはしばらく無言でお互いを見つめ合った。


「君に会いたいとずっと思っていた」

あの日と同じく、沈黙を破ったのはやはりアルベルト様だった。

「あの頃、王城で私と共にいてくれていたのは君だろう？」

彼は私を真《ま》っ直《す》ぐに見つめながらそう言った。言葉こそ確認をするようなものであったが、まるで確信をしているような言い方だった。

「……」

「私は確かに一年半ほど前まで王城におりました。しかし侍女として仕事をしておりましたので」

アルベルト様の言葉を肯定することは許されないことだった。そのため事実のみを話そうとした私の言葉を遮り、彼は言葉を続けた。

「そうだな。君の身分は確かに殿下付きの侍女だった。でもそれだけではなかったはずだ」

彼の言葉を否定も肯定もできず、黙る私に彼はこう言葉を続けた。

「幾度も見てきた瞳を私は見間違えはしない。王宮のバラ園の花に輝いていたのも、慈善事業の限界に悲しげに伏せられていたのも、この国の行く末を語っていた真剣なものも、全てこの瞳だった」

彼の瞳に戸惑いに揺れる私のグリーンの瞳が映っていた。その言葉には迷いのようなものは微塵《みじん》も感じられなかった。

気が付けば頬を一筋の涙が伝っていた。アルベルト様の一言、一言が信じられなかった。自分に都合のいい夢でも見ているのではないかと思った。

皆を欺く完璧なレオノーラ殿下を演じていたあの中で、彼は私を見つけてくれていたのだ。

『私』という一人の人間を。

信じられない思いだった。

何も答えずただ涙を流す私に、彼はこう続けた。

「恐らく君が抱える秘密は容易に他人に語れるものではないだろう。だから私のさっきの独白について君が事実かどうか答える必要はない」

アルベルト様は親指でそっと私の涙を拭ってくれた。頬に微《かす》かに触れた手は変わらず大きく、そして温かかった。

「私は王城で一人の女性と出会った。そして彼女に強く惹《ひ》かれた。彼女とは一度だけ、顔を合わせることができた」

アルベルト様と『私』がただ一度だけ顔を合わせたこと。それは私のギフトが彼の目の前で解けた、あの最後の日のことだった。

「そんな状況ではなかったはずなのに、あの時私は驚きながらも、深く納得もしていたんだ。ずっと抱えていた疑問の答えが、そのときにやっと示されたんだ」

「疑問？」

思わず聞き返した私に、彼はこう言葉を続けてくれた。

「ああ、彼女にはぬぐい切れない違和感があったんだ。同じ人物の、見せる側面の違いだけだと思おうとしたときもあった。けど、やはり違ったんだ。パーティのきらびやかな光の下で高飛車な様子で着飾っていた人は、私の知っている、私が共に時間を過ごした彼女ではなかった」

私の目を見つめながら、アルベルト様ははっきりとこう告げた。

「私が共に過ごし、惹かれた女性は君だったんだ、メアリー」

アルベルト様が私を思ってくださっていた。そのことに、その言葉に胸がいっぱいになった。奥底からわき上がる幸せで、息が止まりそうなほどだった。

私は一度長く目を閉じ、次々とあふれでていた涙を落とした。小さく息を吸った。まつ毛に涙が

残る目で、彼の瞳を初めてきちんと見つめ返した。

　これ以上ないものをもらった。幸せだと思った。だからこそ私はこう答えた。

「私はずっと何も知らなかった貴方に許されないことをしてきました。いえ、貴方だけではない。たくさんの人に対してそれを行いました」

　それは『レオノーラ殿下』にまっすぐ向き合ってくれた彼に、私の振舞っていた『殿下』を信じていた人たちに、私がずっと感じていたことだった。

「そしてあの日、私が至らないばかりにアルベルト様に王女殿下の、国王陛下の意向を踏みにじったという罪まで着せてしまいそうになりました。今日ここに来たのは、貴方に会えたならそれらのことを謝罪したいと思っていたからです」

　涙を落としたはずなのに、視界はまだ薄くにじんでいた。少しぼやけて見える橙の瞳をしっかりと見つめながら、私はこう言った。

「アルベルト様、本当に申し訳ございませんでした」

　私は彼に深く頭を下げた。顔を上げた後、再び彼を見つめながらこう続けた。

「それから先ほどの件ですが、せっかくのお言葉ですが私は貴方の隣に立つのに相応《ふさわ》しくありません。私は今でこそノルヴァンの姓をいただいていますが、元は誰の子とも知れぬ孤児です」

「君の生まれなど関係がない」

「いえ、生まれだけではありません。私には貴方に相応しい肩書きも、美しい容姿もありません。

私にあるのは人を欺いたという過去の罪だけです。アルベルト様、どうぞ貴方は貴方に相応しい素晴らしいご令嬢とお幸せになってください」

口にしてしまえばもっと心が痛むかと思っていた。確かにチクリとした痛みがあったが、私は思ったよりは本心から笑えていた。

そんな私を見て、アルベルト様は強い声でこう答えた。

「私が相手の肩書きを見ていたとでも？　容姿だけで好きになったとでも？　侮らないでいただきたい。私は貴女という人に惹かれたのだ。そこにそんな飾りは何も必要ない。それが貴女という人を作り上げたのなら、その過去も含めて、あの場に立っていた貴女を好きになったのだ」

彼は私の言葉を否定するかのように、はっきりとそう言った。

「言えないことがあるなら多くは語らなくていい。だけどどうか一つだけ、私の自惚《うぬぼ》れた質問に答えてほしい。立場も、過去も何もかもを一旦忘れ、ただ純粋な貴女の心を聞かせてほしい」

「私の心、ですか？」

「ああ、あの頃の君は私をしっかりと見つめてくれていた。その瞳の中には、少なくとも私には恋慕の熱が見えていた。その気持ちは今の君にもまだ残っているだろうか？」

そんなこと正直に答えられる訳がないわ。

最初に心に浮かんだのはそんなセリフだった。

どう考えても誤魔化すのが最善だった。綺麗に微笑《ほほえ》んで「そんなことはございませんでした」と答え、せめて残る思い出を美しいものにするべきであった。

けれども彼の真っ直ぐな瞳がそれを許さなかった。

懇願するような色を含みつつも、その瞳は逃げることを許さないような強さでこちらを見ていた。

視線に射られ、心が揺れた。ダメなのにと思ってはいるのに気持ちはぐらついた。

耐えなければならないことだった。

けれども私は彼が好きだった。

あの頃、私の胸に灯《とも》された彼を想う熱は、消えてなどいなかった。


「……それは今も、この胸に」


あふれる気持ちに押し出され、新しい涙と共にそう言葉が出てしまった。心に秘め続けなければいけなかったのに、アルベルト様の瞳の前に気持ちを抑えきることができなかった。

喜び、戸惑い、罪悪感、様々な感情から流れ出る涙を止めることができず、手で拭おうとしたその瞬間、私はアルベルト様に引き寄せられ、その腕の中に抱き締められた。

手のひらより高い体温を全身に感じた。彼がいつも使っていた香水の匂いに包まれた。このままではいけない、何かを言わねばと思ってはいたが、言葉をうまくまとめることができなかった。

私はただ泣きながら彼に抱き締められることしかできなかった。


「……様、ノルヴァン伯爵令嬢様」

屋敷の方から私を呼ぶ声が聞こえ、私はやっと我に返ることができた。アルベルト様も同じだったのか、彼も少し腕を緩めてくれた。二人の間に新しい空気が入ったことで、やっと落ち着いて深く息を吸い込むことができた。

ずっと温かな彼に抱き締められていたせいか、吸い込んだ空気を春なのに少し冷たく感じてしまった。そのことが少し恥ずかしかった。

「メアリー、呼ばれているようだし一度屋敷に戻ろうか」

アルベルト様は自然に私の手を取りながらそうおっしゃった。私は彼に連れられ、お屋敷の方に歩きだした。


「メアリー！」

お屋敷へと続く出入り口の近くまで戻ると、そこにいたお義母様が私を見つけるなりそう声をかけてきてくれた。グリース先生とのお話を終えてからしばらく時間が経《た》っていたので、戻りが遅く心配をかけてしまったようだった。

駆け寄ってきてくれたお義母様は私の目元が赤いことに気づくと、強めの視線を隣に立つアルベルト様に向けかけた。しかし彼が私の会いたかった人だとすぐ気づき、確かめるように私に視線を戻してきた。

私は少し照れ臭く思いながらも、しっかりとお義母様に向かって頷いた。それだけで伝わったのだろう。お義母様は目に涙を薄く浮かべながら、何度も小さく頷きを返してくれた。

お義母様も合流した後、アルベルト様に連れていかれたのはお義父様もいらっしゃる応接室だった。彼と共に応接室に入ると、お義父様も私の側に立つ彼と、私とお義母様の表情を見て一度長めに目を瞑《つぶ》った。

そしてその後に私に柔らかく微笑んでくれた。その視線があまりにも優しくて、私はまたうっかり泣きそうになってしまった。

そこからその場にいたアルベルト様のご両親も交えて少し話をすることとなった。

私は目元の赤みが残ったままであったのでどう誤魔化そうかと考えていると、私を優しげに見つめていた辺境伯夫人がアルベルト様に向かってこう話しかけられた。

「アルベルト、このお嬢様が貴方の言ってた王宮で出会い、惹かれた方なの？」

ストレートな物言いに私とアルベルト様が驚きに目を見張っていると、夫人はコロコロと笑いながらさらにこうおっしゃった。

「聞いていた通り聡明《そうめい》そうで素敵なお嬢様ね。ここに帰ってきたときの二人の様子を見るに、貴方の気持ちはきちんと受け止めてもらえたようね、アルベルト。よかったわ、やっと貴方も身を固めてくれるのね」

夫人の言葉に慌てながらアルベルト様がこう返された。

「母上！　物事には順序というものがあります。急にそのようなことをおっしゃらないでください。申し訳ございませんノルヴァン伯爵、母の言葉については私から説明をさせていただきます」

そんな彼に、お義父様は私の表情を一度ご覧になってからこう返された。

「貴方と娘については、概《おおむ》ねの事情は私も把握しているつもりです。娘は貴方に会うために今日ここに来ました。それが叶い、そして今このような幸せな表情をしている。ならば私が申すことは何もございません。娘をどうぞよろしくお願いします」

お義父様の言葉に、今度は私が狼狽《うろた》える番になってしまった。落ち着きをなくしてしまったアルベルト様と私を見て、辺境伯様がこうおっしゃった。

「どうやら両家で少し話をする必要があるようだ。しかし今日はもうこの時間です。よければ今夜は当家に泊まっていただいて、明日二人のことを話し合いませんか？」

そう言った後、辺境伯様が再びアルベルト様に視線を向けて、こう言葉を続けた。

「アルベルト、お前たちの事情は少し複雑なようだし、彼女とも話をする時間が必要だろう。ノルヴァン伯爵、いかがですか？」

「そうですね。私たちにも、当人である彼ら二人にももう少し話をする時間が必要なようです。お言葉に甘えてもよろしいでしょうか？」

「喜んで。これから長い付き合いになりそうなのです。どうぞご遠慮なさらずに」

「ありがとうございます。どうぞよろしくお願いします」

そう言って固く握手を交わす辺境伯様とお義父様を私は頬が赤くなるのを自覚しながら見守った。


その日はもう日が暮れるような時間であったため、晩餐《ばんさん》は共にしたがアルベルト様とお話をする時間は取れなかった。その代わり、私はあてがっていただいた客間でお義父様とお義母様に庭園のことをかいつまんで話をした。

お義母様は彼が私の名を呼んでくれたと言った辺りからすでに大粒の涙を流してくれていた。羞恥心を押し込み、彼に想いを伝えてもらい、また私の気持ちも伝えたことを言うと、お義父様もそっと目頭を押さえられていた。

「メアリー、おめでとう。彼との再会が叶ったこともそうだが、お前が一人の女性として幸せを摑《つか》んだことを私は嬉しく思う。セブスブルク家と我が家であれば家の関係的にも何も問題はない。お前は何の心配もせず己の心に従いなさい」

「メアリー、本当に、本当におめでとう。私、ここのお屋敷に彼と戻ってきたときの貴女の姿を見てからずっと心の中がいっぱいなの。貴女の幸せが嬉しくてたまらないわ。愛《いと》しい娘の幸せはこんなにも嬉しいことなのね」

「ありがとうございます、お義父様、お義母様。お二人のお力添えがなければ私はここにいることはなかったでしょう。本当にありがとうございます」

私は心からの感謝を込めて、義両親にそう伝えた。

「アルベルト様とのことはお話しできないことがたくさんあります。けれど私が彼を想う気持ちは嘘《うそ》偽りのない私の本心です。まさか今日こんなことになるなんて夢にも思っていませんでした」

レオノーラ殿下として初めてアルベルト様とお会いしたこと、彼の前でギフトが解けたこと、自分でアルベルト様とお会いすると決めたこと、義両親の元で日々研鑽《けんさん》を積んだこと。

この日を迎えるまでのことを私は色々と思い出していた。辛《つら》いこともたくさんあった。後悔も、及ばなかったこともあった。

しかしそれらを超えて、今日彼に気持ちを伝え、伝えてもらうことができた。

「私……本当に幸せです」

自分の気持ちを語る恥ずかしさは消えておらず、頬には赤みが差したままであった。

けれど、私を支えてくれた大事な人たちにどうしてもきちんと伝えたくて、私はそう気持ちを言葉にした。

その後も家族三人で夜が更けるまでたくさんの話をした。アルベルト様とのことももちろん私の心を幸せにしてくれたが、こうして私を思ってくれる義両親がいることにも私は大きな幸せを感じていた。

3　私として貴方と

翌日、朝食をいただいた後、私は昨日歩いた庭園を再びアルベルト様のエスコートを受けながら歩いていた。美しい花たちを愛《め》でているとアルベルト様がこうおっしゃった。

「あの頃、貴女をこの庭園にお誘いしたいと言っていたが、それがこうして今日叶うことになるとは少し前までは夢にも思っていなかった」

「私も昨日ちょうどあの日のことを一人思い出しておりました。私もこうしてアルベルト様と共にここにいることが、未《いま》だに少し信じられない思いです」

そんなことを語りながら庭園を進み、私たちは昨日グリース先生と歓談をしたガゼボに腰を下ろした。

「何から話すべきなのか、そうだな。まずは君が気にしてくれていたあの日のあの後のことを話すとしようか」

アルベルト様は私のすぐ横に座ってから、こう話を切り出した。

「あの日、私は君が知っている通り別室に連れて行かれた。しかしそこでは尋問などは何もなく、ただ部屋でしばらくの間待たされただけだった。そこで一時間ほど過ごしていると急に陛下に呼ばれ、お目通りをすることとなった」

「陛下にですか」

彼が処罰を受けていないとは聞いていたが、陛下という言葉に私は不安を覚えてしまった。そんな私を落ち着かせるように柔らかな声で彼はこう続けた。

「あのことがあったから私も何か処罰でも与えられるかと思っていたが、そのようなお話は何もなかった。むしろ陛下は私に申し訳ないことをしたとおっしゃった」

「まさか陛下は……」

「ああ、陛下は事実をご存知であったようだよ。陛下はあの方の振る舞いに巻き込まれた私の立場をとても気にしてくださっていた」

「そうだったのですね」

「陛下はできればこの騒動を白紙にしたいが、あの方の話は数人の大臣の耳にも入ってしまっているため、今からなかったことにするのは難しいとおっしゃっていた。そこであの方の周囲でのみあの話を真実とし、表向きは私は彼女の想いを応援するために身を引いたというストーリーにしたいと相談された」

「はい、その辺りはギルバード様よりうかがっております」

「私としては異存はなかったのでそうしていただいた。なので、私はしばらくは失恋した男のようには扱われたけれど、大した実害はなかったよ。むしろ牢に連れられたという君の心配ばかりをしていた。君は大丈夫だったのかい？」

私の顔を覗《のぞ》き込《こ》むようにしてそう聞いてくれたアルベルト様に、私はこう答えた。

「しばらくは牢におりましたが、私も尋問等は何もなくただそこで過ごしただけでした。友人も面会に来てくれましたので、多少の不自由はありましたが、問題なく過ごしました」

「そうか、いい友人がいてくれてよかったよ」

「そこから殿下のご成婚に伴い恩赦をいただき、牢から出してもらいました。そしてそこからは殿下付きの執事であったギルバード様にご配慮をいただき、新しい養子先とお仕事をご紹介いただきました」

「養子先をすぐに変えていたのか」

「はい、その後色々なご縁があって、今のノルヴァン家の娘となりました」

私の言葉を聞いて、少し考えるような素振りをした後、アルベルト様はこうおっしゃった。

「なるほど、だから君の消息が辿《たど》れなかったのか。殿下の輿入《こしい》れが終わるまでは私は登城しないよう陛下に頼まれていて、やっとそれが終わり城に行けるようになった頃には君は釈放された後だったんだ」

「まさか、私を探してくださっていたのですか？」

「ああ、私も衛兵に連れていかれた君のことを心配していたんだ。牢に入れられていたことを突き止め、すぐ看守に資料を調べてもらったが『職務を剝奪し、城からの追放』としか記録がなくてね。分かったのは君の名前だけだった」

「確かに私の処分は、書類上そうなっておりました」

「そこから名前を頼りに君の前の養子先にも話を聞きに行ったが、養子縁組はすでに解消したと言われてしまったんだ。どうやら私が確認するより先に解消されていたようだね。一足遅かった訳だ」

「そうだったのですね」

「養子縁組を解消したと聞き、私はてっきり君は平民になったものとばかり思っていた。王都を探してはいたが、もう君に会うのは難しいのかと考えていた」

「そんなことをしてくださっていたのですね」

そこまで話をすると、アルベルト様はこちらに向き直り、私の手をそっと取ってくれた。レオノーラ殿下としてではなく、メアリーとして彼に手を握られていることに恥ずかしさと嬉しさがじわじわ込み上げてきた。

「昨日伝えた通り私は君が好きだ。メアリー、君という一人の女性が好きだ。そこに着飾った容姿も、誰もが頭を垂れるような地位も必要ない。あの頃、私と色々な話をし、温かな時間を共に過ごした君と今後も共にありたい。どうか私の願いを受け止めてくれないだろうか？」

「アルベルト様……」

昨日あんなに泣いたのに、私の目にはまたうっすらと涙が浮かんできていた。これが夢でないことを確かめるかのように、彼の手を握り返しながらこう私の気持ちを伝えた。

「私も貴方のことをお慕いしております。私が私と名乗れていなかった頃から、ずっと想っておりました。私には貴方に差し上げられるものは何もありません。この胸にあるのは貴方への気持ちだけ。それでも本当によろしいのでしょうか？」

「君の気持ち以上のものなどない。それが一番嬉しいんだメアリー。ありがとう」

彼は真剣な眼差《まなざ》しを柔らかなものに変え、私にそう言ってくれた。

「しかし何も持っていないというが、気づいていないだけで君はたくさんのものを持っているよ。昨日、君が話をしたグリース先生ともあの後少しお会いしたが、気難しいところもあるあの先生が君のことは褒めちぎっていたよ」

「私はただお話をさせていただいただけですが」

「その会話の中から、教養はもちろん、所作も相手への気配りも、君という温かな人柄も感じられたそうだ。それら全てが素晴らしかったと先生はおっしゃっていたよ」

「そんな、きっと大袈裟《おおげさ》におっしゃっているだけですよ」

「そんなことはない。君にはこれまでに積み上げてきた努力が詰まっている。乗り越えてきた経験が君を輝かせている。君はもっと自信を持つべきだ。君は素晴らしい人だ。私はそんな君が私の隣に立ってくれることを光栄に思っているよ」

アルベルト様の言葉に、なんとかこらえていた涙がポロポロと落ちていった。がむしゃらに目の前だけを見て生きてきた。そのことをこんな風に言ってもらえることが嬉しくて、私は彼の前で涙を流し続けた。

「ありがとうございます、アルベルト様。今まで正直どうして私がこんなことをしなければならないのかと思いながらも生きていたこともありました。泣いた日もたくさんありました。できなかったこと、後悔したことも数多《あまた》あります」

思い返しても自分は決して手放しで褒められるような人間ではなかった。才能がないからこそ、力がないからこそ、日々あがき続けていた。

「けれど、貴方が、義両親がそう言ってくださったことで過去の私が報われたように思います。自分に自信が持てるかはまだ分かりません。けれども私をそう思ってくださる貴方のためにも胸を張って生きていたいと思います」

そう言うと、アルベルト様は優しく微笑んでから私を包み込むように抱き締めてくれた。彼の腕の中で私は泣いてばかりだなと思いながら、私は彼に身を預けた。

そこから程なくして私とアルベルト様の婚約が整った。あの再会した日の会話からも察せられたように、どうやらアルベルト様のご両親も彼が私を探していたことをご存知であったようだ。

我々が長らくお互いを片想いのように想い合っていたことをどちらの両親も知っているため、我々は両方の家族の盛大な祝福を受けることとなった。

あの頃は身を偽り、自分ではない姿で彼を欺くために側にいることしか許されなかった。

しかし今は彼の側に自分自身としていられる。彼の目が偽りではない、本当の私の姿をしっかりと見つめてくれる。その瞳を真っ直ぐに見つめ返すことができる。

信じられないぐらい幸せな日々だった。


「こんなに幸せで許されるのかしら」

涼やかな風が吹き始めたある秋の日、アルベルト様のお屋敷の一室で結婚式の準備をしながら思わず私はそう呟《つぶや》いてしまった。彼と婚約してから半年近く経とうとしていたが、私は未だにどこか信じられないような気持ちになることがあった。

そんな私にアルベルト様はこう返してくれた。

「君は過去にそれに見合うだけの努力と苦労をしてきたんだ。今が幸せすぎると思うなら、過去の分を今取り返しているのだと思って受けとっておけばいい」

「でもアルベルト様にこんなにも想っていただけるなんて、未だに信じられないぐらいなんです」

アルベルト様のことはずっと『メアリー』では横に立つことも許されない方なんだと思ってい

た。そのため今や結婚の準備のためにアルベルト様のお屋敷に居を移しているのに、まだ彼が自分を選んでくれたことが夢ではないかと思ってしまうことがあった。

ため息をほうと吐きながらそう言った私の言葉に、彼が珍しく眉を少し上げた。

どうしたのだろうかと結婚式の招待客がまとめられた書類を一旦置き、彼に向き合おうとしたそのとき、正面のソファに座っていた彼が立ち上がり、私の隣に移ってきた。

彼の表情を見るため視線を上げると、それに合わせるかのように彼の長い指が私のあごを掬《すく》い上《あ》げた。

彼の顔が近づいてきていると気づく暇すらなかった。

そこから唇を奪われるまでは一瞬だった。

軽く触れるだけのキスではあったが、アルベルト様は何度もそれを繰り返し、私の頬に差した赤みが耳まで到達するまで私を解放してくれなかった。

解放されてからやっと満足に息を吸い込み、真っ赤な顔で涙を浮かべたまま彼を見上げると、珍しく悪い顔をした彼は私にこう言った。

「そんなに私の愛が信じられないなら、君に信じてもらえるよう手を尽くすしかないのかな？　さて、どんな手段で君に伝えるのがいいだろうか」

気がつけばアルベルト様のもう片方の手が私の腰に回されていた。目の前には見たこともないような熱っぽい視線を私に向けるアルベルト様がいたが、腰に回された手により後ろに逃げることも許されなくなっていた。

　彼の視線を受け止めきれなくて、逃げるように視線を下げてしまった。

　そうやって彼をなるべく視界に入れないようにしたが、それでも否応《いやおう》なしに近くに感じる体温に恥ずかしさで言葉が出てこずあわあわとしていると、目の前の彼が堪えきれないとばかりにぷはっと破顔した。

「ごめんよ、少しからかいすぎたね。まぁでも先ほどの言葉も全部が嘘という訳でもないよ。メアリー、君に合ったペースで伝えていくさ」

　アルベルト様は私の腰から手を離し、そうおっしゃった。そうすることで先ほどよりは二人の間に距離はできたが、アルベルト様のお顔が目の前にあるのは変わっていなかった。

　そのため私は視線を下に向けたままこう言った。

「……今でも十分伝えていただいているのに、これ以上だなんて私どうなってしまうか不安です」

　自分としてはただ素直な気持ちを伝えたつもりだったのだが、目の前のアルベルト様は不機嫌でもないが微妙な表情をされていた。

　気になって窺《うかが》うように少し顔を覗き込むと、彼はその微妙な表情のままこうおっしゃった。

「……まぁ忍耐強く続けるさ」

□

そこから約半年後、暖かな陽射《ひざ》しが降り注ぐ春の日に私たちは結婚式を挙げた。

彼曰《いわ》く忍耐強い対応によりダンスで彼の身体《からだ》が近づいても、あの橙の瞳に近くで見つめられても前よりは落ち着いていられるようになっていた。

しかし今日、前髪をきっちりと上げ、白の婚礼衣装に身を包んだアルベルト様はいつも以上に眩《まぶ》しすぎて、ベールが持ち上げられその姿を直《じか》に見つめてしまうと心臓の鼓動が速まるのを止めることができなかった。

きっと顔が赤くなっている私に、珍しく頬に赤みが差している彼がこう小声で囁《ささや》いた。

「幸せだな」

目の前にいる私以外にはパイプオルガンの音楽にかき消されて聞こえないような小さな呟きであった。

小さな、小さな言葉であったが、その言葉は私の胸に染み込み、大きく広がっていった。その温かさを感じながら、私も同じぐらい小さな声で彼にこう伝えた。

「私もです」

目の前のアルベルト様は独り言のような呟きに返事が来たことに驚いたのか少しばかり目を見開いた。

そしてその後、その目元を緩め、私に優しく微笑んでくれた。

その微笑みに応じるように私も緩やかに口角を上げた。
そんな私の唇に優しいキスが降ってきた。

書き下ろし番外編

1　メアリーの頼もしい戦友

「この数日の働きを認め、今日から自由時間を与えます。今からのお昼休みの時間はお好きになさい」

それは私――ララが待ちに待っていた言葉だった。

その言葉がもらえたのは、メアリーが捕まってから数日経《た》った日のことだった。彼女を助けるために離宮に忍び込んだ罰として、洗濯メイドとして日々自由もなく仕事をさせられていた私は、お局《つぼね》って感じのメイド長にそう言われ、直角ぐらいのお辞儀をした。やっとだ！　それは待ちに待った自由時間だった。

私はメイド長にお礼を言ったあと、怒られないギリギリの速さで廊下を歩いていった。

今こうして私が急いでいるのには訳があった。自由時間ができた今、私には果たしたい目的が二つ、あったからだった。

先に済ませられる一つ目をすぐに終えた私は、昼食もとらず二つ目の目的地である地下牢《ろう》へと足早に向かった。

初めて足を踏み入れた地下牢は薄暗く、少しカビ臭いような空間だった。汗を滲《にじ》ませながらそんな場所に飛び込んできた私を看守はどこか訝《いぶか》しげに見てきた。

けれど、そんなことは気にせず私は面会の手続きをすぐに申し出た。

逸《はや》る気持ちから、面会者の欄に書いた名前がいつになく汚い走り書きになってしまった。しかし読めれば文句はないだろうと思い、そのまま看守に押し付けるように提出した。

手続きを終え、看守が案内してくれたのは地下牢の中では比較的出口に近いところにある一つの牢だった。

近づいていくと、いつも私のそばにいた薄茶色の髪がぼんやりと見えてきた。その暗い空間の中で、いつもはどこのご令嬢よりも美しくピンと伸ばされていた背中が力をなくしたように丸められているように見えた。

その姿を見た瞬間耐えきれなくなった。私はよくないことだと知りつつも、看守を振りきるように牢の前まで走っていってしまった。

「ああ、メアリー！　よかった。あなたが無事で。本当によかった」

看守が鋭い視線をこちらに向けたのには気づいていたが、そのときはそれどころではなかった。私は牢の格子に顔をギリギリまで近づけて、メアリーの姿を確かめた。

こんなところで生活をしていたのだから無理もないのかもしれないが、やっと見られたメアリーの顔からは生気が失われ、目も少し虚《うつ》ろに見えた。

それが悲しくて、でも同時にレオノーラ殿下に身に危険が及ぶような罰を与えられていないかずっと心配していたため、無事でいてくれたことに安堵《あんど》もしていた。

そこからは彼女の気持ちが少しでも上向くように、努めて明るく振る舞いながら時間の許す限り会話をした。

最初はぎこちない笑みしか浮かべていなかったメアリーだったが、面会の終わりに笑顔で明日の約束を告げると、最後には彼女らしい笑顔を見せてくれた。

そのことに心から安心した私は、また怒られないギリギリの速さで、でもここに来たときよりは足取り軽く自分の持ち場へ戻っていった。

昼食を抜いてしまったので、夕方仕事を終える頃にはいつも以上にクタクタになってしまっていた。このまま身支度を終えて寝てしまいたかったが、メアリーに会いに行く前に頼んでおいたことの返事が返ってきていた。そのため私は眠い目を擦りながら、返事にあった約束の時間を待った。

約束の時間ちょうどに、私の部屋のドアがノックされた。その音でうたた寝をしかけていた状態から起きた私は、一度水を飲んで目を覚ました後にそのノックに応えた。

返事をしてから少しだけ時間を置いて開いたドアの向こうにいたのはシシーだった。そう、今日の一つ目の目的とは顔馴染《かおなじ》みの侍女に頼んでシシーに連絡を取ってもらうことだったのだ。

そうして私の部屋に呼び出されたシシーは緊張しているのか、胸の前で組まれた手に必要以上の力が込められているように見えた。

「どうぞ」

軽くそう声を掛けると、シシーはおずおずと部屋に入ってきた。一応イスは勧めてみたが、彼女は座らずドアの近くに立っていた。

私はその態度に少しだけため息をついた後、彼女に単刀直入にこう告げた。

「呼び出された理由は分かってる？」

そう言うと彼女は少しだけ肩を揺らした後、頭を大きく下げてこう言った。

「あの日の……メアリーが捕まってしまった日のことよね。あの日は、あの日のことは本当にごめんなさい」

こちらにつむじを向ける彼女に、私は今度こそ大きなため息をついてこう言った。

「そうだけど、そうじゃないわよ。シシー、貴女《あなた》何も言わずに泥を被《かぶ》る気なの？　私たちのこと、貴女の事情も推測できない程浅い付き合いだと思っているの？」

私の言葉に驚いた顔をしながら顔を上げた彼女に、私はさらに言葉を続けた。

「あのね、私たちと違って本物の家族がいて、守らなきゃならない家がある貴女が殿下に逆らえないことくらい私たちは理解してるわよ。だからこそ今日メアリーにも会ったけど、あの子も貴女に恨み言みたいなことは何も言ってなかったわ」

「ララ、けれど私は」

「いいからまず聞いて。いい？　今日ここに貴女を呼んだのは、そのことをきちんと伝えるためよ」

いまだ不安な顔をしたまま黙ったシシーに、私はこう告げた。

「そりゃ今回のことは一歩間違えれば大変なことになってたかもしれないわ。けれど、もしそうなったとしても私たちが心の中で感情を向けるのは殿下だけよ。貴女じゃないわ。それぐらい貴女のことも信じてるのよ、シシー」

「ララ……」

涙ぐみながら信じられないような目でこちらを見てくる彼女に、私は意識してゆっくり語りながら、こう伝えた。

「私たち長い付き合いじゃない。本物の貴族のお嬢様たちに馴染みきれていなかった私たちのために、貴女は彼女たちとの間で橋渡しをしてくれたでしょう？　貴女にとっては小さなことばかりだったかも知れないけど、貴族の生まれではない私たちにとっては逆立ちしたってできないことばかりだったの」

「そんな。どれも、そんなに感謝されるほどのことじゃないわ」

「感謝するかしないかはこっちが決めることよ。それに貴女はあんなにもいつもメアリーのことを気に掛けてくれていたじゃない。貴女が何も思わずあんな行動をしたとは思ってないわ」

「でも、私は貴女たちを裏切ったわ」

「けれどそれは貴女の本心ではなかったでしょ？　ね、メアリーも無事だったしもう自分ばかり責めるのはやめて。どうしても誰かを責めたいなら、一緒に殿下の悪口でも言いましょう？　大丈夫よ、二人きりのこの部屋なら何を言っても誰にも咎《とが》められはしないわ」

最後は少しおどけた調子でシシーにそう告げた。すると彼女はたくさんの涙を流しながらも、何度も強く頷《うなず》いてくれた。

「ありがとう、ララ。私にそんな優しい言葉を掛けてくれて。けれども貴女たちより自分のことを優先したのはやっぱり私だわ。謝罪はさせてほしいの。本当にごめんなさい」

「ええ、その謝罪を受け入れます。って、あーもう！　もういいのよ！　そんな顔しないでよ！」

「でも……」

「分かったわ！　なら、罪滅ぼしでもないけど、今後シシーは聞ける範囲で私とメアリーのお願いを聞いてちょうだい。それでどう？」

「そんなことでいいの？」

「いいの！　まだそんな顔して……えーっと、じゃあ分かったわ！　早速だけど明日のお昼までに侍女に出されるお高めのクッキー貰《もら》ってきてよ。メアリーへの手土産をちょっといいものにしたいの」

「ありがとう、ララ。本当にありがとう。うん、クッキー、貰えるだけ貰ってくるわ」

「本当に貴女も生真面目なんだから……二人分でいいのよ？」

「うん、うん。ありがとうララ。私、メアリーにもきちんと直接謝罪とお礼を伝えたい」

「貴女は殿下が輿入《こしい》れされるまでは動かない方がいいでしょうね。もしメアリーに接触したことがバレたら何かお咎めを与えられかねないわ。輿入れが済んでから行きましょう」

「ええ、そうね。そうするわ」

その後はシシーと少しだけ近況を語り合った。

彼女も私が洗濯メイドをしていることをしきりに気に掛けてくれていたが、気兼ねない仕事を楽しんでいるところがあるのは事実だったので、メアリーに話したように問題ないことを伝えておいた。


そこからは殿下の輿入れのために目の回るような忙しい日々を過ごした。特に輿入れの当日はそのピークで、前もって告げていた通りメアリーのところに寄る時間も取れないぐらいの忙しさだった。

やっと輿入れを終えた翌日、私が朝からたくさんのシーツと格闘していると、急にギルバード様が私の元にやってきた。仕事中ではあったが彼の呼び出しということでメイド長から持ち場を抜けることを許された私は、理由も分からぬままギルバード様に付いていった。

連れていかれたのは人払いをされた客間で、そこで彼からメアリーのことを聞かされた。彼女があの暗い空間から救われたこと、新たな生活を手にすることを聞き、私は思わず浮かんできた涙を止めることができずにいた。

　メアリーの努力を一番側でずっと見てきた。過酷な環境で、でも腐らず、前を向いてもがき続ける彼女を見てきた。真面目ゆえに手を抜けないでいたその姿は、優秀ではあったが見ていて痛ましいと思うこともあった程であった。その彼女が報われる。これ以上嬉《うれ》しいことはなかった。

　ポロポロと涙を流す私に、ギルバード様は最後にはこうおっしゃった。

「殿下の犠牲になったのは君も同じだろう。何か希望があれば出来るだけ叶《かな》えよう」

　それは思いがけない言葉であった。多少殿下のワガママには付き合わされたとは思っていたが、それは他の侍女と変わらない程度だと思っていた。けれど、ギルバード様は真剣にそうおっしゃってくれていた。

「そうですね、そう言っていただけるのなら今すぐにと言うわけではないですが、配置替えはお願いしたいです。もう王族の侍女は懲り懲りです」

「分かった。調整でき次第すぐに他の仕事に変えさせよう」

「お願いします。あと、今は特にないんですけど、今後ここっていう働きたいところができたら紹介状を書いてほしいです」

「私の名義でいいなら、喜んで対応しよう。君は有能な侍女だからね」

「ありがとうございます。あ、あとメアリーの連絡先を教えてもらってもいいですか？　手紙を書きたいんです」

「当面の滞在先は教えよう。その先は彼女の選択次第で変わるだろうから、そこからは彼女自身に聞いてほしい」

「もちろんです。ありがとうございます」

ギルバード様はああおっしゃっていたが、そこから希望はすぐに聞き届けられ、配置替えが行われた。新しい仕事を覚えながらパタパタと過ごす中で、メアリーとは頻繁に手紙のやり取りをした。

手紙と言えば、結局シシーは予定が合わずメアリーと直接会うことは叶わなかった。

そのため、彼女にもメアリーの連絡先を伝えておいた。メアリーとシシーは生真面目同士、何度か分厚い手紙のやり取りをしていたようだった。

シシーも少し落ち着いた表情になっていたので、きっとお互いのことを分かり合えたのだろうと勝手に私は思っていた。

□

そうして生活をしているうちに、月日は驚くほど簡単に流れていった。

その間にシシーは仕事を辞め、実家に帰っていった。元より彼女はギフト目当てで半ば無理やり殿下に呼び寄せられたお嬢様だったのだ。喜ぶのかと思いきや、『今度は結婚相手を探す社交の日々よ、どっちの生活が楽か分からないわ』と苦笑いを浮かべて彼女は言っていた。

お互い仕事や立場を変えていたが、メアリーとシシーとはずっと手紙のやり取りをしていた。

メアリーは伯爵家の養子となり、アルベルト様に会うため努力を続けていた。

シシーは実家に戻った後、稼業で縁のあった伯爵家に嫁入りが決まったと手紙に書いていた。

自分だけが変わらずここに居残り続けてしまっているなと思っていたある日、メアリーからいつもより分厚い手紙を受け取った。夜、落ち着いた時間に目を通すと、それはアルベルト様との婚約を報告する手紙だった。

こちらは手紙を読んだ瞬間に「ああ……」と感極まって声まで出てしまったぐらい嬉しかったのに、彼女は喜びと同時に不安についても綴《つづ》っていた。

あれだけの努力ができて、能力も申し分なく身に付けているくせに、メアリーはいつまでも変なところで自己評価が低かった。

きっと厳しい教育の中でできたことは当然とされ、できなかったことを責められてきたせいなのだろうけど、それは謙虚と言えば聞こえがいいが彼女の悪癖の一つだと思っていた。

そんな友人のことを考えていた私の脳裏に、そのとき一つのアイデアが浮かんできた。

最初はイタズラの延長のような思い付きであったが、考えれば考えるほどそれは自分の心に沿うものように思えてきた。そうなると考えるより行動するタイプの私はもうじっとしていられなかった。

私はその希望を叶えるため、取り急ぎシシーとギルバード様に連絡を取った。

実現するとなると難しいことなのかと思っていた私の考えであったが、ギルバード様と伯爵夫人の権限は中々強いようで、あれよあれよという間に私の希望は通ってしまった。

思い付きから一年後、私は慣れ親しんでしまったお城を離れ、新たな職場へと向かっていった。

新しい仕事はとあるお家《うち》で侍女として働くことだった。

仕事先のお屋敷に着いた私は、簡単な説明を受けたあと、早速支給された侍女服に袖を通した。

鏡に映る自分は、あの頃お城で着ていたこれよりも上質な侍女服よりもずっと似合っているような気がした。

あの頃とは違い心から仕えたい、支えたいと思える相手だからそう見えるのかもしれないなんて思いながら、最後の身だしなみのチェックを終えた私は先輩の侍女に連れられ、新たな主人の元へと歩いていった。

主人となる若い夫婦は柔らかな春の光が差し込むリビングでちょうどお茶を飲まれていた。旦那様は記憶にあるより随分優しい表情をされていた。奥様は少しだけ大人っぽくなっていたけど、親しい人に向けていた笑顔を惜しげもなく旦那様に向けていた。

近づく私たちにお二人が気づいたとき、旦那様はイタズラが成功したときのような少し嬉しそうな顔をし、奥様は大きく目を見開き、信じられないといった表情をこちらに向けた。

「……ララ？　ララなの？」

信じられないとばかりに呟《つぶや》いた奥様のお言葉に私は満面の笑みで応え、頭を深く下げてからこう告げた。

「これからお世話になりますララと申します。どうぞこれからも宜《よろ》しくお願い致します、メアリー様」


「ララ、貴女がどうしてここに⁉」

駆け出しそうな勢いでソファから立ち上がり、私の側に来た新しい私の主人に、私は笑顔でこう答えた。

「貴女から婚約の報告をもらったときに、メアリーもシシーも新しい人生を歩みだしてる中で、自分はどうしたいのかを改めて考えてみたの」

「ララのしたいこと？」

「そう。結婚は予定がないし、じゃあこのままお城で働き続けるかって考えたときに、誰かのために働く侍女の仕事は好きだけど、あんなこともあったからか、お城には心から仕えたいって思う人がいないなって思ったの」

「そうね、お城では色々あったものね」

「で、じゃあどういう人のために自分は働きたいのかって考えたときに、頑張り屋さんでまっすぐな貴女のことがふと思い浮かんだの」

私がそう言うと、メアリーは驚いた表情をしていた。きっと彼女の中では私が彼女をそう思っているだなんて思ってもみなかったのだろう。

そんなメアリーに私はこう言葉を続けてやった。

「優秀で、でもどこか危なっかしい貴女のことを思い出したの」

「そんな、私はそんな風に思ってもらえるような人間じゃないわ」

「私にとってはそうなの。そうしたら居ても立ってもいられなくなって、シシーとギルバード様にお願いして紹介状を書いてもらったの。旦那様は私が貴女と働いていたことを覚えていてくれたみたいで、こうして無事採用されたって訳。驚いた？」

「当然よ！　仕事を変えるとは聞いていたけど、まさかうちに来るなんて思ってもいなかったもの」

「元同僚が侍女なんてやりにくい？」

「そんなことないわ。貴女が私を支えたいと思ってくれたこと、本当に嬉しいわ。ララこそ、本当に私なんかでいいの？」

「優秀なくせに、そういう『私なんか』って言っちゃう貴女のこと放っておけないのよ。私が見てなきゃまた頑張りすぎるかもしれないし。お目付け役も兼ねて貴女をしっかり支えてあげるわよ」

「ララ……本当にありがとう」

そう言って涙目になりながら私をぎゅっと抱き締めてくれたメアリーに、私は彼女を抱き締め返しながらこそっと耳打ちをした。

「それにメアリーなら二人きりのときに気を抜いても許してくれるでしょ？　皆には内緒で、またあの頃使用人部屋で二人で過ごしたみたいにダラダラと話をしましょ？　そんなの愛《いと》しの旦那様の前じゃできないでしょ？」

するとメアリーは少し目を見開いたあと、満面の笑みで「だから貴女のことが大好き」と言ってくれた。


それまでは静かにそんな私たちを見守っていてくれた旦那様が、「なんだか妬《や》けるね」と私たちの会話に入ってきた。

メアリーはその言葉を真面目に受けて少し慌てていたけれど、私はそんな彼女をもう一度ぎゅっと抱き締めてから、旦那様にこう言ってやった。

「私たちは十歳からの戦友なのよ？　ここ数年のメアリーしか知らない旦那様なんかに負けないような絆《きずな》があるんだから」

私のその言葉にそれまでは固めの表情しか見せてこなかった旦那様が、堪えきれないとばかりに声を上げて笑いだした。しばらくは困ったような顔をしていたメアリーも、「もう、ララには敵《かな》わないわ」と釣られて笑いだした。

穏やかな春の暖かさが満たすそのリビングに、私の大切な人たちの笑い声が響いていた。

私も負けないぐらいの笑顔を返しながら、新しい人生の門出としてこれほどの日はないと思っていた。

2　自慢のお兄様の婚約者と私

私の三歳上の兄であるアルベルトお兄様は、素晴らしい男性だ。

妹の私が言うのもなんだけど、見た目だっていいし、ちょっと愛想がなく見えるところはあるけど、内面だって紳士的で素晴らしい人だ。

そんなお兄様がレオノーラ殿下の婚約者候補に選ばれたと聞いたとき、私は飛び上がりそうなほど嬉しかった。

お兄様が評価されたことももちろん嬉しかったけど、あの聡明《そうめい》で美しいレオノーラ殿下が義理のお姉様になるかもしれないと思うと、嬉しくて仕方がなかったのだ。

そんなお兄様とレオノーラ殿下の縁談だけど、残念ながらその話は途中で立ち消えることになってしまった。

もちろんお兄様に何か問題があって断られたのではない。私にとっては残念なことだけど、レオノーラ殿下にお慕いする方ができてしまったのだ。

殿下のお心を射止められたのは帝国の皇子であるセドリック様だった。ご成婚のパレードで初めてセドリック様のお姿を拝見したけど、それはそれは美しいお方だった。

もちろん、うちのお兄様だって十分カッコいい。そこら辺の令息なんか目じゃないぐらい整った容姿をしている。

でもあの方と比べるとなると、正直相手が悪かった。セドリック様はまるでおとぎ話に出てくる王子様のような信じられないぐらい整った顔立ちのお方だったのだ。

その上、パレードでレオノーラ殿下とセドリック様が並ばれたところを拝見したけど、セドリック様は本当にレオノーラ殿下を大切にされていた。

見つめる視線から、添える手からそれがありありと伝わってきた。

相思相愛のお二人の前では、いくら私の自慢のお兄様といえども身を引かざるを得なかったのは納得できることだった。

そう、ここまでは納得できることだった。

でも今の私にはどうしても納得できないことが一つあった。

その原因と対峙《たいじ》するため、私は女学院の長期休暇が始まってすぐ、実家への帰路を急いでいた。

□

「こちらがメアリー。俺の婚約者となった女性だ」

実家に帰った当日、私が落ち着いたのを見計らってお兄様が一人の女を紹介してくださった。

女。お兄様の婚約者。

先日、出会ってすぐにお兄様の婚約者に収まったこの女こそ、私の納得ができていないことの原因たる人物だった。

初めに断っておくけど、私は別にブラコンではない。二人の婚約が家のために整えられたものであれば、メアリーとお兄様が普通に愛を育んでいれば、彼女を尊重し、二人の婚約を心から祝福した。

しかし、私が知る限りメアリーはそのどちらにも当てはまってはいなかった。

まずメアリーの実家であるノルヴァン家は我が家と釣り合いが取れる家ではあるけれど、政略結婚をして何か大きなメリットがある相手ではなかった。事前に両親からそんな話は全く聞いていなかったし、二人の婚約は家のためのものではないと私は考えていた。

次に、二人は約二ヵ月前、メアリーが我が家を初めて訪れた際にお兄様と偶然出会い、そこから程なくして婚約した。

出会ってまだたった二ヵ月だ。その間に婚約までしてしまうなんて、いくら何でも早すぎる。親戚のおば様などは「運命的な出会いだったのよ。ロマンティックよね」なんておっしゃっていたけど、私には到底そうとは思えなかった。

むしろ私は、二人は正当に愛を育んでなどいなくて、あの女が卑怯《ひきょう》な手でも使って傷心のお兄様につけこんで強引に婚約者に収まったのではないかと疑っていた。

私は何の根拠もなくメアリーを疑っている訳ではなかった。彼女の人となりは知らないが、私はお兄様が彼女をこんな短期間で愛するはずがないことを知っているだけだった。

そう、あんな女とお兄様がすぐに婚約するはずがないのだ。だってつい最近までお兄様のお心には、レオノーラ殿下への想《おも》いが残っていたのだから。

お兄様が婚約者候補でなくなってからもずっと殿下を思われていたというのは、直接本人からそう聞いた訳ではない。

けれど、用がなければ王都には足を運ばなかったあのお兄様が、殿下が輿入れされた後も理由をあれこれつけては頻繁に王都を訪れていた。

その際に何度かお時間を取っていただいたけど、そのときにお兄様はどこか切ないような、何か捉えきれないものを摑《つか》もうとするような、そんな表情でよく王都の景色をご覧になっていた。あれはきっと殿下との思い出が詰まった景色を、色んな気持ちを胸にしたままご覧になっていたのだと思う。

それにレオノーラ殿下が嫁がれた後に、静かに沈んだままだったお兄様に、お兄様ならすぐに素敵なお相手が見つかると、それとなくお伝えしたことがあった。

そのとき、お兄様は「俺の心にはまだそんな空きがないな。そういうのはしばらく考えられないな」と少し寂しげに笑って答えていた。

お兄様は婚約者候補であったときに、レオノーラ殿下のことを本当に大切に思っていらっしゃった。

それまで色恋に全く興味を示していなかったあのお兄様が、本当に殿下に心を尽くされていた。

そんなお兄様の心を占め続ける人物は、殿下の他にいるはずなどなかった。

レオノーラ殿下にお心を残されたままのお兄様が、急に現れた女性とすぐに婚約するとは、私にはどうしても思えなかったのだ。

□

そんな疑念を胸に抱いたまま、私は実家に帰ってきた翌日にメアリーとお茶を共にするべく、自室で綺麗《きれい》に整えられたティーセットが並ぶテーブルを挟んで彼女と向かい合っていた。

改めて目の前に座るメアリーの姿を見てみたが、失礼を承知で言うと彼女の容姿は間違ってもお兄様が一目惚《ひとめぼ》れをするようなものではなかった。悪いとまでは言わないが、お美しいレオノーラ殿下とは比べ物にならないような平凡な容姿だった。

紅茶に口を付ける所作、滑らかな会話運びから教養はそれなりにあるように思えたけど、私にはそれだけの女性に見えた。お兄様が一目惚れをするような要素は見当たらなかった。

そんなメアリーを見て、ますます卑怯な手に陥れられて婚約をしてしまったお兄様を救うため、私が彼女を何とかしなければならないと思った。

その覚悟を新たにしながら、私は彼女にこう話しかけた。

「ねえメアリー様、うちの庭園はもうご覧になりましたか？　バラの美しさはちょっとした自慢なんですよ」

「はい、アルベルト様にご案内していただきました。バラももちろんですが、本当に美しいお庭でした」

「ありがとうございます。実はあの庭園のバラの一部は、お兄様の希望で少し前に植え替えをしておりますのよ。とある女性がお気に召されていた王城のバラ園にあった淡いピンク色のものが新しく植えられておりますの」

「王城のバラ園ですか？」

「ええ、王城のバラ園に咲いていた控えめなピンクが本当に美しいバラです。お兄様はお花のことなんて詳しくなかったから、私も相談に乗ってその方が気に入られた品種を一緒に探したんですよ」

「そ、そうだったのですね」

とある女性というのは、もちろんレオノーラ殿下のことだ。

王城のバラ園で殿下が淡いピンクのバラを特に熱心にご覧になっていたとのことで、お兄様がうちの庭にも同じものを植えるよう手配をされたのだ。

なんでも「いつかうちの庭園をお見せしたい」とお兄様は殿下にお伝えされていたそうだ。今となってはそれは叶わなかったけど、美しいバラは思い出と共にうちの庭園に残っていたのだった。

『王城のバラ園』と言うことで、暗に『レオノーラ殿下のお好きなバラをうちの庭に植えるほど、お兄様は殿下を大切に思われていたのよ』と言ってやったのだ。

メアリーにきちんとその意図が伝わったかを確認するため、私はちらりと不自然にならない程度に彼女の様子を窺《うかが》った。

するとメアリーはやや俯《うつむ》きながら、何かに耐えるような顔をしていた。

「だからあのバラがここのお庭に……」とか呟きながら、その顔を少し赤くしていた。

きっとお兄様が自分よりよっぽど大切にする存在がいることを知らされて、憤りなどで顔を赤くしていると私は思った。

どうやら私の意図した内容は彼女に目的通り伝わっているようだと、私は心の中でにんまりとほくそ笑んだ。


気をよくした私は、ここぞとばかりに彼女に畳みかけることにした。

「今日のお菓子は料理長自慢のレモンタルトにしたのですけど、メアリー様のお口に合ったかしら？」

「はい、酸味が爽やかでとても美味《おい》しいです」

「このケーキは、実はお兄様がある女性のために懸命に探されたケーキを参考にして作られているの」

「……アルベルト様が探されたケーキ、ですか」

「そう、レモンがお好きなその方のために、お兄様自らわざわざ王都の外まで探しに出られたの。私も相談に乗っていたのだけど、それは真剣に探されていたのよ」

「そう、ですか」

「お兄様は元々女性の流行《はや》りものなんて露ほども興味を持っていなかったんですよ。そんなお兄様がそこまでされるなんて、よっぽどそのお相手を大切にされていたってことですよね」

私のその言葉に、今度こそメアリーは完全に顔を伏せていた。表情は窺えなかったけど、きっとお兄様のレオノーラ殿下に対する深い愛情に打ちのめされているに違いないと私は思っていた。

そこから私は彼女に止めを刺すためにも、お兄様が殿下をいかに大切にされていたかというエピソードを、メアリーの前で思いっきり語ってやった。

レオノーラ殿下が興味を持たれていた外国の文学作品を伝手《つて》を駆使して入手していたこと、殿下が熱心に取り組まれていた慈善関係の仕事に関する資料をたくさん読んでいたこと、お茶会の手土産を探すため私に女性に人気があるものを聞きに来ていたことなどだ。

そして、ある日などは「俺の表情は、女性からすると怖く見えるのだろうか。彼女は温かく微笑《ほほえ》んでくれるのに、それに上手に応えることができていない気がする」など、のろけのような発言をされていたことも言ってやった。

最後には顔を真っ赤にしてうつむき、黙ってしまったメアリーを私は満足げに見つめ、その日の二人っきりのお茶会は終了した。

その後も、私は機会があるごとにお兄様と殿下のエピソードをメアリーの前で語ってやった。

お兄様に目を覚ましていただくためにも、お兄様のいる場でもその話をしようとしたこともあったが、その場は顔を赤くしたお兄様に全力で止められてしまった。

確かにありし日のご自分の心の内を他人に打ち明けられるのは恥ずかしいところもあるだろうけ

ど、私が予想していた以上に、お兄様は必死になって私を止めてきた。

そんなお兄様の妨害にもめげず、お兄様のためにメアリーに自分の立ち位置を思い知らせてやると、私は行動を続けていった。

□

そんな自分の過去の恥ずかしい行動を思い出しながら、私は今日結婚式を挙げ、正式に夫婦となったお兄様とメアリーお義姉様《ねえさま》の晴れ姿を見つめていた。

後から振り返れば分かりきったことだったのだけど、あの優秀なお兄様が変な女に引っ掛かることなんてなかったのだ。

メアリーお義姉様は、お兄様が心から愛されるのも頷けるほどの、本当に、本当に素敵な女性だったのだ。

そのことは、最初は牽制《けんせい》のため、途中からは彼女の人柄に惹《ひ》かれ沢山の話をするうちに分かってきた。

その言葉、その考えから、彼女の内面の素晴らしさがひしひしと伝わってきた。

また、内面だけではなく外交や文学、マナーなど教養面においてもお義姉様は欠点が見つからないほど、優秀な方だった。

そもそも中途半端な女性なら、うちのお父様やお母様が認めるはずもなかったのだ。メアリーお義姉様を認め、誉《ほ》めちぎっていたお母様の態度からも私は気づかねばならなかったのだ。

それを勝手な思い込みで、非常に失礼な態度を取ってしまっていたのだけど、それも含めてメアリーお義姉様は受け止めてくださった。

「アルベルト様には少し申し訳ないですけど、彼の新しい一面が知れて、実は嬉しかったんですよ」と優しく微笑んでまでくださった。

今となっては、彼女は私の自慢の義理のお姉様となっていた。

一方的な誤解が解けたあと、それでもやっぱりお兄様が急に婚約を決めた理由が知りたくて、こっそりお兄様とお義姉様にそれぞれ二人の馴《な》れ初《そ》めを改めて聞いてみたことがあった。

私だって貴族の娘だから恋愛だけで結婚できるとは思っていないけど、叶うならばお兄様たちのような幸せな結婚がしたいと思っている。だから、素敵な相手をあんな短期間で見つけるコツを聞いてみたかったのだ。

照れもあったのだと思うけれど、どちらに聞いても二人の馴れ初めを聞き出すことは結局できなかった。

やんわりと、でも明確にこの話をするつもりはないとどちらにも示されてしまった。

二人が馴れ初めを教えてくれなかった理由は分からないけれども、二人がそう判断をしたのなら私はそれに従おうと思っていた。

引き際を弁《わきま》えているというのもあるけれど、馴れ初めがどうであれ、今私の目の前で寄り添っている二人は本当にお互いを思いやり、大切にしている。その事実以上に大切なことなんてなかったからだ。


今もお兄様の横にいるお義姉様は、背筋をピンと伸ばし、気品溢《あふ》れる美しい姿勢で立っていた。

レオノーラ殿下のような美麗な容姿による華のある美しさはないけれど、そのお姿は彼女の持つ内面の美しさと、お兄様に愛される幸せに満ちたとても素敵なものだった。

お互いを愛おしそうに見つめ、幸せを振《ふ》り撒《ま》く二人に、私は改めて祝福の拍手を送った。


そうして夫婦となった二人だけれど、結婚してしばらく経ってもその仲の睦《むつ》まじさは変わらなかった。

べたべたと甘ったるい訳ではないけれども、言葉の、所作の一つ一つからお互いを尊重し、大切に慈しんでいることがうかがえた。

メアリーお義姉様を見るお兄様の瞳も、仕事のときの鋭利な視線からは想像もできないほど甘く、柔らかな色を浮かべていた。

その目を見ていたとき、私はふとあることを思い出していた。

それは、お兄様のその優しい瞳が、お兄様がレオノーラ殿下の婚約者候補であった頃に、殿下のことを語っていた目にそっくりだったのだ。

あの頃のお兄様も、大変な公務をこなされる殿下のことを、バラ園の控えめな花を楽しげに見つめる殿下のことを、今のような優しい瞳をしながら語っていた。

だからこそ私は、お兄様はレオノーラ殿下のことを本当に心からお慕いされているのだろうと思っていた。

幸せな二人を前にして、そんな過去の女性のことを思い出すなんて、失礼なことをしちゃったわと私は思った。

そんな思考を追いやるために、私は二人にバレないように小さく頭を振った。

だってそんなことあり得るはずがないのだ。

お兄様があの頃のレオノーラ殿下と同じ瞳をメアリーお義姉様に向けるだなんて。

あとがき

この度は数ある作品の中から、本作品を手に取っていただき誠にありがとうございます。

小説はずっと読む側で生きていたのですが、ちょっとした思い付きから書き始め、まさかこんな機会をいただくことになるとは思っておりませんでした。事実は小説より奇なり。こんな未来を全く予測していなかったので、それを体感している気分です。

本作は「虐げられていた代役の子が、その子を利用して成り上がった本物の裏切りのおかげで幸せになる話はどうかな」という思い付きから書き始めました。

メアリーとレオノーラの関係は最初から考えていたのですが、話をまとめていくうちに、肩書や見た目ではなく自分自身という中身を見初《みそ》められたメアリーと、「王女」という肩書しか求められなかったレオノーラの対比がメインのテーマとなりました。

また、小説、特に異世界の恋愛というジャンルなので、ヒロインはシンデレラ的に見初められるという話もありだと思うのですが、メアリーの積み上げてきた努力が彼女の魅力を作り上げたという「努力が報われる」ということも大事なテーマにしたところです。

メインのテーマと大まかなプロット以外は割と書きながら詰めていくので、レモンのタルトがキーアイテムになったり、セドリックが思ったより強烈なキャラクターになったり、色々思ってもいなかった方向に話が進んだりもしました。
十万字近い長編を書くのは初めてであったので、色々と拙い部分もあったかと思いますが、少しでも楽しんでいただけたなら幸いに思います。

2023年8月　まさき

Kラノベブックスf

末《すえ》王《おう》女《じょ》の輿《こし》入《い》れ

～その陰《かげ》で嵌《は》められ、使《つか》い捨《す》てられた王女《おうじょ》の影武者《かげむしゃ》の少女《しょうじょ》が自分《じぶん》の幸《しあわ》せを掴《つか》むまで～

まさき

2023年9月28日第1刷発行

発行者	森田浩章
発行所	株式会社 講談社 〒112-8001　東京都文京区音羽2-12-21
電　話	出版　(03)5395-3715 販売　(03)5395-3605 業務　(03)5395-3603
デザイン	ムシカゴグラフィクス
本文データ制作	講談社デジタル製作
印刷所	株式会社ＫＰＳプロダクツ
製本所	株式会社フォーネット社

KODANSHA

ISBN978-4-06-533162-0　N.D.C.913　227p　19cm
定価はカバーに表示してあります

ファンレター、
作品のご感想を
お待ちしています。

あて先
〒112-8001　東京都文京区音羽2-12-21
(株) 講談社　ライトノベル出版部 気付
「まさき先生」係
「玉木とらこ先生」係

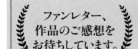